ANTÔNIO: O PRIMEIRO DIA DA MORTE DE UM HOMEM

DOMINGOS OLIVEIRA

ANTÔNIO: O PRIMEIRO DIA DA MORTE DE UM HOMEM

1ª edição

EDITORA RECORD
RIO DE JANEIRO • SÃO PAULO
2015

CIP-BRASIL. CATALOGAÇÃO NA FONTE
SINDICATO NACIONAL DOS EDITORES DE LIVROS, RJ

O45a
    Oliveira, Domingos
    Antônio: O primeiro dia da morte de um homem. / Domingos Oliveira. - 1. ed. - Rio de Janeiro: Record, 2015.

    ISBN 978-85-01-10567-7

    1. Romance brasileiro. I. Título.

15-23484

CDD: 869.93
CDU: 821.134.3(81)-3

Editoração eletrônica: FA studio

Copyright © Domingos Oliveira, 2015

Todos os direitos reservados. Proibida a reprodução, armazenamento ou transmissão de partes deste livro, através de quaisquer meios, sem prévia autorização por escrito.

Texto revisado segundo o novo Acordo Ortográfico da Língua Portuguesa.

Direitos exclusivos desta edição reservados pela
EDITORA RECORD LTDA.
Rua Argentina, 171 - 20921-380 - Rio de Janeiro, RJ - Tel.: 2585-2000.

Impresso no Brasil

ISBN 978-85-01-10567-7

Seja um leitor preferencial Record.
Cadastre-se e receba informações sobre
nossos lançamentos e nossas promoções.

EDITORA AFILIADA

Atendimento e venda direta ao leitor:
mdireto@record.com.br ou (21) 2585-2002.

Colaboração: Andreia Alencar e
Duaia Assumpção

CAPÍTULO 1
Histórias

Não tenho a mais vaga memória daquele espermatozoide aflito, desembalado e resoluto que dizem que um dia fui. Muito menos do óvulo ruborizado que o aguardava. Quero dizer que ninguém nasce de repente. Há que ter havido antepassados e passados dos antepassados. Do mesmo modo também a morte não vem pronta e acabou. Há um momento em que o hediondo se instala, há um ninho onde é criada a serpente, ou seja, cada um de nós vive no seu complicado e absurdo processo de morrer longamente. Cabe, portanto, perguntar qual será o dia no qual começa a morte de um homem?

Meu amigo Eduardo morreu. Não tenho nenhuma surpresa. De manhã a esposa já tinha telefonado dizendo que iam desligar as máquinas. Não sei bem o que realmente desligam. Há quem diga que em coma profundo as pessoas escutam tudo que é dito. Imediatamente penso na antipatia que Sartre tinha pelo inconsciente de Freud. Tudo é consciente, o resto é covardia.

Penso também que não tenho ninguém a quem confiar a decisão de desligar as minhas máquinas. Porém isso não me assusta. Guardo uma fantasia otimista de que a morte é uma dama educada e não permite que a verdadeira consciência persista a partir do momento em que ela domina a situação. Assim como não é possível assistir acordado ao momento em que se cai no sono. Nada mais inconsequente, portanto, do que pensar na morte. A multidão vai, a multidão vem. Mesmo que haja conhecimentos novos no momento final, não haverá tempo de contá-los. Se houvesse já tinha virado notícia. Sofro com a morte do meu amigo Eduardo? Não sei. Imagino a turba geral caindo como é de praxe em direção ao fundo negro do abismo, fremindo braços e pernas em movimentos aleatórios, tentando agarrar onde não há nada para agarrar. É ridículo termos pena uns dos outros. Na melhor das hipóteses, cumprimentar com um sorriso alguém que passa caindo mais velozmente que você.

Eduardo era um boêmio quando rapaz, um irresponsável aos 25. Um homem que tinha horror a qualquer tipo de compromisso aos 30. "Se Deus existe, o problema é dele" era o lema de Eduardo. E eu, amigo escritor, pretendia escrever um conto baseado na sua personalidade. Acontece que Eduardo, embora feio, era um mulherengo eficiente e tinha uma paixão por uma mulher mais velha que ele. Porém, muito alegre e inteligente. Chamava-se Aureliana, vinda de família rica e tradicional do Sul. E não poderia apresentar-se como pretendente da fascinante Aureliana, sendo apenas um porra-louca. Então, formou-se em psicanálise. Metamorfoseou-se de porra-louca anarquista brilhante a psicanalista ortodoxo medíocre. Enveredou pelo destino errado, com a vantagem de assim poder apresentar-se como marido de Aureliana.

Penso que foi ali que ele começou a morrer.

Quando Aureliana, para a surpresa de todos, ficou ela mesma doente, consumida por uma leucemia galopante, Eduardo não aguentou o porra-louca.

Histórias são histórias, meios de caminho entre o terror e as glórias.

CAPÍTULO 2
Inacreditável

Inacreditável. Eu tinha 42 anos, estava no meio de uma multidão quando passou por mim uma mulher por quem no mesmo instante me apaixonei. Meu peito teria estourado suas cordas se fosse um violino, quero dizer que minha alma cósmica acendeu de repente. Explico. Era sem dúvida a paixão verdadeira, à primeira vista e que eu sequer tinha visto! Restando apenas uma certeza, que o amor tinha passado perto de mim. Achei que delirava. Que tinha provado demais de um absinto que me ofereceram. Olhei para trás. A mulher não estava mais lá, eu saberia se estivesse. Verdade seja dita, as circunstâncias da noite eram bem propícias para desvarios de amor. Era noite de Natal, era Paris, anos 90, era meia-noite, tinha começado a missa dentro da Notre Dame aos pés do Sena. Em Paris se bebe champanhe como água e pelo menos três meias-garrafas eu já tinha esvaziado desde manhã, além dos goles do absinto oferecido.

*

Fazia um frio cavalar que brasileiro não entende. E a multidão diante dos portões fechados da catedral era quase toda de turistas, que, desavisados dos horários certos, contentavam-se em assistir à missa num telão externo. Dentro da catedral famosa não havia mais lugar para nenhum fiel. Mas eu não pensava nisso. Eu somente sabia de uma coisa! Que meu amor, talvez eterno, tinha passado por mim. E eu não tinha visto nem seu rosto nem sua figura!

Olhei para o outro lado da rua.

Na calçada do rio, vislumbrei a silhueta de uma mulher que parecia procurar alguém. Tive instantânea certeza de que era ela, aquela que tinha passado por mim. Corri a passos largos, cheguei em dois pulos. "Procurando alguém?", perguntei. "Também sou brasileira, estava com alguns amigos, de repente perdi minha turma. Estou um pouco tonta, o que está acontecendo? Onde estão as pessoas com quem eu estava?" Rimos. E nos olhamos pela primeira vez. Porque até esse momento nossos olhos estavam baixos. Depois de um tempo enorme, ela disse: "E você, também está procurando alguém? Sei que não é possível, mas será que estamos procurando um ao outro?" Rimos e baixamos os olhos de novo.

Olhem, não sei bem se aconteceu exatamente assim, mas poderia ter sido assim. Histórias de paixão na neve, no Natal e em Paris não são mesmo para serem lembradas com exatidão.

Os grupos apareceram ao mesmo tempo vindos de toda parte. Ela achou o dela, no qual me pareceu que havia um namorado. Eu achei o meu. Minha esposa de então, possessa com meu desaparecimento, me chamava de maluco. Apresentamos todos uns aos outros. E como crianças travessas desaparecemos os dois, no primeiro instante que foi possível.

Meia hora depois, dentro de um café com calefação paradisíaca, trocamos nossos nomes. Agora ele sabia que ela se chamava Blue, ele era Antônio. Um casal apaixonado que trocava informações um sobre o outro, no bar vazio, como se o tempo tivesse acelerado. Brindávamos. Nem absintos, nem champanhe: conhaques flamantes.

Antônio.
Carioca, intelectual mais ou menos respeitado, professor de antropologia, caracterizado por uma certa eloquência filosófica, evidentemente plagiada dos livros de Albert Camus. Queria ser escritor como todo pensante da sua geração. Tem um romance publicado, outro mal começado. Ganha a vida dando aulas em universidades particulares e escrevendo crônicas sobre assuntos encomendados para jornais vários, assinados ou sem assinatura. Não é famoso, mas também não deixa de ser, ninguém é famoso no Rio fora de seu quarteirão.
Blue.
Carioca, mas não parecia. Tipo europeu. Foi uma paixão devastadora! O assunto deles era tanto que os signos e aniversários ainda não tinham sido conversados. Quando ela disse o dela, ele deu um pulo na cadeira e disse o dele. O mesmo dia! Com dois anos de diferença.

Ela, 40, ele, 42. Provaram puxando suas carteiras de identidade. Aquilo era um sinal escandaloso. Como se os da Notre Dame e do Sena não tivessem bastado, aquela era a aprovação oficial dos deuses do amor quanto ao casal.

Quando olhei Blue pela primeira vez, ela era linda. E na segunda, mais linda ainda. E na terceira, deslumbrantemente linda. E fomos para a cama do hotel mais próximo, na rue de l'École, Saint-Germain. Eu avisei que era inacreditável.

Logo desistiram de esposas e namorados e chegando ao Rio dividiram um apartamento. Blue, formada em sociologia, trabalhava no ramo da moda, sócia de uma promissora butique/brechó de roupas femininas exclusivas. Blue, personalidade firme, sempre se vestiu à moda de Blue.

Dizem que a vida é melhor no meio. Quando já se aprendeu alguma coisa e o corpo ainda não conhece a humilhação da velhice. É onde estava nosso casal, no meio da vida, perto de tudo e a quilômetros de qualquer lugar definido. Navegando dúvidas, porque aos quarenta a vida normalmente é um mar de dúvidas. Viviam um cotidiano sempre interessante, embora o dinheiro fosse contado. Ela sem saber se vendia ou não a loja, se viajava o mundo ou tomava um sorvete na esquina, ou estudava a pintura clássica. Sempre incentivada por ele, que almejava viver de literatura, sempre incentivado por ela, namorada/amante/esposa.

*

Poucos anos depois, não suportando contribuir com menos da metade das despesas da casa, Antônio muda o curso da sua carreira. Vai trabalhar para ganhar dinheiro na TV, colaborador de programa humorístico, além das aulas.

O tempo adora ser esquecido. Antônio e Blue tinham iniciado seu romance em meio a ondas violentas. Não perceberam que o mar acalmou. Assim ficaram juntos muito tempo. Distraídos um com o outro, percebendo aqui e ali, porém sempre juntos, as lições da existência. Muita coisa aconteceu, é claro. Houve pequenas doenças, infidelidades sutis, morreu seu Joshua, pai de Blue, que parecia imortal, um amigo ou outro também morreu e nasceram muitas crianças. Filhos não tiveram. Ele não queria, ela queria, depois ele queria, mas ela não queria. Ficaram procurando a hora e a hora não chegou. Acontece com muitos casais.

Antônio logo fez sucesso na televisão, depois logo deixou de ser sucesso, foi despedido e depois readmitido com salário maior, porém bem menor do que ele esperava. A antropologia era a rotina. Vida de professor, bobagem.
    Blue tinha muitas amigas a quem emprestava vestidos sempre que havia uma festa mais elegante. Sabiam reunir as turmas para noitadas de jogos. Descobertas de novos hotéis formidáveis para passar o fim de semana. Muitos invejavam o casal, que fazia questão de dar carinhosos e deliciosos jantares, que chegaram a ser notórios, uma vez por semana, para amigos queridos. E foi assim que,

quando deram por eles, estavam juntos há um tempo impensável. Estavam juntos havia 18 anos! Não acreditaram. Apavorados, fizeram e refizeram as contas. Era isso mesmo: 18 anos.

Em pleno decorrer dessa modesta saga matrimonial, houve um acontecimento excepcional que é preciso contar aqui. Aproveitando uma temporada mais fraca nas vendas da loja de roupas, Blue começa a escrever um livro. Ela mesma. Compra um computador e coloca ao lado do computador do marido. Enquanto Antônio tenta um roteiro policial para seu programa de teleteatro, Blue, mobilizada pelas questões da mulher madura, entrega-se a uma comovente narrativa sobre seus tempos de moça virgem: *Castidade Contemporânea*. Ela não chegou a mostrar para nenhum editor, uma vez que o próprio editor de Antônio, o promissor João Maria Rosas, vendo o escrito sobre a mesa da copa, leu tudo sem pedir licença. Adorou e publicou achando que seria um sucesso. E foi. Da noite para o dia, Blue era mais famosa e reconhecida do que seu marido em todas as rodas que frequentavam. Esse Maria Rosas apaixonou-se por ela, detalhe que terá consequências nesta trama. Talvez por isso o livro teve uma distribuição tão boa. Não quero dizer aqui que esse foi o motivo pelo qual Antônio e Blue se separaram. Menos de um ano depois.

CAPÍTULO 3
Separação

Era uma noite como as outras, Antônio chegou cansado, mas Blue o convidou para dar uma volta no quarteirão. Não é costume de ninguém convidar o marido para dar uma volta no quarteirão. E Blue disse *na lata*, olhando o chão que pisava: "Meu amor. Fui a um show com uma amiga e me apaixonei pelo baterista. De modo que tenho que me separar de você. Caso contrário, eu estaria agindo contra os meus princípios. Quero que você tenha certeza de que ainda não fui para a cama com ele. Eu seria incapaz. Não quis ir antes de te avisar."

Antônio ficou frio e amarelo. Blue continuou gravemente: "De qualquer modo isso teria de acontecer mais cedo ou mais tarde, reconheçamos." Chorou. E chorando explicou que não havia mais lugar para ela na vida de Antônio. Que o contrário também era verdadeiro, que os dois já estavam organizados demais na individualidade de cada um. "Seremos mais felizes separados, mais úteis um para o outro." E concluiu: "Você sabe como eu sou. Eu não poderia continuar fazendo sexo com você. Perdi o tesão. Não foi você, foi o desgaste dos anos. Não sei como posso explicar isso."

Antônio caiu vertiginosamente da sua própria altura. Tinha 62 anos e ela 60. E nunca achou que tivessem problemas sérios de distâncias e princípios. Sabia que os dois eram personalidades bem-definidas, com as gavetas arrumadas. Sempre fizeram amor com razoável frequência e desejo, tinham a mesma opinião sobre variados assuntos, respeitando qualquer divergência. Eram felizes. Somente ficavam tristes quando pensavam que aquele grande amor, aquele que nascera num Natal do Sena, esmaecera com a rotina da vida.

Antônio sofreu muito. Punhal certeiro, vindo do ar, no meio do peito.

Blue foi embora na manhã seguinte, sem mais palavras.

Porém telefonou nervosa à tarde. E de noite telefonou de novo. No dia seguinte também. Ela não queria que Antônio se sentisse abandonado. Garantiu que ensinaria Antônio a gostar do rapaz, de nome Esteban. E outros absurdos assim.

Antônio enlouquecia com aquilo. Ele não entendia bem por que Blue tinha querido acabar o casamento se gostava tanto dele. A vida é assim, tem coisas que a gente não entende.

Porém, água mole em pedra dura, vendo seus telefonemas diários, a evidência dos dias passando e a tenacidade moral de Blue, ele teve que aceitar ou fingir que aceitava. Senão teria que cortar relações, perdendo assim suas fracas oportunidades. Mas não foi fácil para Antônio. Ela passava dias com ele. Mas na primeira baixada de guarda, esperança de compreensão, Blue apressada corria para encontrar o Esteban.

Antônio, fracassado e só. Sofria e tentava entender, mas não entendia. Não queria ter ódio dela. Preferiu, então, passar a culpa adiante. Procurando culpados.

"Josuah, pai de Blue, foi ele o culpado! Chegou da Europa num cargueiro, ganhou dinheiro e fez filhos no Brasil. Sempre teve aquele belo apartamento de 400 m² no Posto 6", remoía Antônio. "E mania de princípios, todos gostavam de Josuah, era amigo dos amigos, ninguém na Colônia comprava apartamento sem consultar antes Josuah. Tinha fama de sensato e honesto. Seu Josuah era um bom pai, de quem Blue herdou um apartamento para alugar e outro para morar além de sua moral reta. Ou cega. Foi ele quem meteu na cabeça de Blue esta estória de princípios, não é coisa dela. Blue tem sete irmãos mais velhos, foi posta no mundo para ser a Branca de Neve do Posto 6."

Blue agora era uma representante legítima desse curiosíssimo fenômeno moderno: a mulher de 60. Bonita, inteligente, psicanálise feita, prestígio em seu meio intelectual. Depois de muito resistir à cirurgia plástica, procurou uma clínica recomendada pelas amigas. Antônio desaconselhou veementemente.

"Quem procura médico sem estar doente é maluca, meu bem, além de ser caríssima a clínica. Onde é que estão essas rugas que eu não vejo? As que eu vejo são bonitas. Você está cismada. Talvez eu tenha agido errado quando fiz questão de botar 59 velas no seu bolo. Mas sempre detestei, acho de mau gosto aquelas velas de números. O fogaréu foi realmente impressionante quando o bolo entrou na sala iluminando tudo. Mas, Blue, por que não o considerar a magnífica fogueira existencial onde brilham suas virtudes maduras? Blue, olha no espelho: você é linda! O corpo não mudou nada, você está íntegra. É sua beleza de princesa que agora torna-se dignidade de rainha!" "Sei, mas aos 17 eu era a mais bonita do colégio." "Além disso", continuava Antônio, "operação plástica é tortura e quando dá errado é um desastre! Querida, mudar o seu rosto! É um sacrilégio, um desrespeito estético."

Porém, mulheres não ouvem essas coisas dos maridos. E um dia, escondida, sem avisar Antônio, Blue arrumou sua valise e internou-se em uma clínica recomendada por amigas. Fez o lifting, o laser, o peeling e abriu um pouco os olhos. Tudo numa medida quase imperceptível, como ordenava seu espírito discreto. Mas, logo depois que desapareceram as marcas da cirurgia, sentiu-se outra mulher. Isso aconteceu pouco antes do lançamento do *Diário*. Não que uma coisa tenha tido a ver com a outra, porém, como é sabido nos casamentos de longa duração, os maridos devem ficar cautelosos quando a esposa faz plásticas ou procura um psicanalista.

CAPÍTULO 4
Esteban

Era lindo. Mãe brasileira, pai russo, ascendência romena, ambicioso, bom esportista. Sempre havia tido, desde adolescente, preferência doentia pelas mulheres mais velhas.

A verdade é que Blue ficou muito triste de ter separado de Antônio. Jamais teria feito isso se não tivesse conhecido Esteban. Não foi propriamente por causa do sexo. Na análise ela teve que admitir que talvez o sexo não estivesse no ponto mais alto de sua escala de valores. As pessoas têm preocupações diferentes.

Foi o jeito habilmente agressivo com que Esteban tocava bateria, tornando seu instrumento a atração da banda. Antônio não tinha podido vir com eles, tinha uma reunião cedo. E ela foi com um grupo de amigos conhecer uma casa noturna recém-inaugurada na Praça Mauá. A música em si deixava muito a desejar, mas ela admirou o baterista. Blue se deixou tocar por aquele rapaz alto, bonito, que no fim da noite apareceu com um buquê de rosas brancas, impossível de comprar na Praça Mauá naquela hora da madrugada, e entregou para ela despudoradamente na frente de todos os amigos.

    Mesmo sabendo que ela era casada, passou a telefonar todos os dias com uma voz emocionada. Na única vez que Antônio atendeu o celular, ele pediu para chamar Blue sem nenhum tremor na voz. Fato este que, posteriormente, gerou forte ciúme em Antônio. A propósito, Blue era por princípio contra o ciúme.

Depois de muita insistência conseguira sair com Blue durante as tardes. Sem sequer insinuar uma ida ao motel ou nada de semelhante, o jovem Esteban abria sua alma para Blue, mostrando todas as suas inseguranças e deixando claro o quanto ela poderia ajudá-lo a ser um homem de verdade. Blue foi dia a dia se deixando enternecer. Esteban não avançava mais do que podia, porém era eloquente nas manifestações do seu amor. Ele contava que era rico e seria rico, muito rico, quando herdasse a fortuna de uma velha avó que morava ainda na Romênia. Blue estranhava o romantismo da história, porém entregou-se ao sentimento, que achava justo. Se no seu casamento com Antônio faltava espaço para que ela interviesse, para que pudesse ser útil na vida dele, esse espaço sobrava nos seus encontros com o novo admirador. Todo dia ele repetia depois do beijo da despedida: "Hoje você me disse coisas que eu jamais esquecerei." Diante desse quadro maciço, Blue não teve outro jeito senão chamar o marido e confessar a infidelidade.

Esteban era tudo que uma mulher de quase sessenta poderia esperar. Talvez não fosse muito inteligente, mas era bonito e suficientemente louco para interessar Blue.

Esteban adorava seu Joshua.

CAPÍTULO 5
Banca de jornal

As escadas da Lapa são todas iguais. Estreitas, íngremes, com um corrimão para quem desce. Os degraus não são exatamente planos, têm protuberâncias e depressões. As formas dos pés que durante anos infindos pisaram neles.

Seu Cavalcanti, o jornaleiro, tem um quarto alugado no segundo andar de um sobrado, aonde não vai nunca. Embora todas as suas pouquíssimas coisas estejam lá. Ele fica cansado de tomar o ônibus, é longe de Copacabana e acaba não indo.

Cavalcanti tem 82 ou 84 anos. Embora, na juventude, tenha sempre ficado muito impressionado quando alguém lia sua mão e constatava que a linha da vida era curta.

Ele poderia verificar a idade exata, está escrito em sua carteira de identidade. Porém o número dos anos ficou meio apagado e certezas Cavalcanti não tem mais. "Como cheguei a essa idade? Ontem eu era moço."

*

"Tenho um passado, não devo negar. Gosto muito de filosofia, sempre li muito. Sempre preferi os livros de divulgação das ideias dos filósofos. Eles escrevem muito. Como se poucas palavras não bastassem para descrever qualquer coisa do mundo. Nem sempre fui jornaleiro e nem todo jornaleiro é inculto.

Sempre fui muito intenso no campo dos meus amores. Casei três vezes intensamente. Meu primeiro casamento durou poucos anos. Eu tinha um grande amor pela minha esposa, mas não maturidade para uma relação estável. Casei com a amante. No terceiro casamento minha amante morreu, e voltei para aquela que era antes minha esposa, casando outra vez. Não eram irmãs, seria Nelson Rodrigues demais."

Cavalcanti não era propriamente *rodriguiano*, sua grande admiração era pelo gravurista Roberto Rodrigues, irmão de Nelson, aquele que morreu de tiro no lugar do pai. Talvez porque ele próprio, Cavalcanti, gostasse de desenhar. Costumava rabiscar o rosto dos fregueses que iam e vinham, escondido em seu canto da banca. Talvez até tivesse um talento que não desenvolveu. Daí seu interesse pelos Rodrigues e seu espanto com o fato de que todas as peças de Nelson já estavam, de certa forma, contadas nos desenhos do irmão assassinado. Orgulhava-se muito de possuir, no lugar mais seguro da banca, uma brochura rara com as gravuras do Roberto, na qual um dia conseguira um autógrafo do próprio Nelson. Gostava muito dos artistas, o Cavalcanti. Talvez ele mesmo devesse ter sido um, pensou emocionado uma noite entre dois copos.

Este lugar seguro atingível apenas quando subia no terceiro degrau da escadinha de ferro da banca tinha portanto para Cavalcanti uma importância especial. Ali ficavam também os livros que estavam correndo perigo de mofar. E aquela dúzia de bíblias negras que nunca ninguém saberá por que tinham vindo sem as páginas do meio. É também o lugar onde ficava uma misteriosa caixa de sapatos coberta de papel florido. E que, pasmem, contém um revólver feminino com punho de madrepérola que Cavalcanti passa anos sem olhar, embora mantenha sempre carregado, por via não sabemos de quais dúvidas. Talvez reminiscência de um amor violento de juventude. Segredos de jornaleiro.

Cavalcanti quando moço era inteligente e fez fortuna rápido. Sem sair de perto do que mais gostava, dos livros. Talvez porque seu avô paterno tinha na fazenda uma biblioteca enorme onde criança não chegava perto.

Ele pediu dinheiro emprestado ao banco e chegou a ser dono de uma livraria no centro da cidade nos anos 40! Bem frequentada. O poeta Manuel Bandeira gostava muito de ficar lá papeando. E, diga-se de passagem, Cavalcanti foi nomeado presidente da associação dos livreiros por um ano ou dois. Isto é, interessou-se pelo ofício de gráfico e prosperou. Nos seus tempos de livreiro até editou livros de valor.

Sua livraria sempre bem arrumada com capricho, muita coisa exposta. Quando vista de longe, lembrava uma banca de jornal.

*

Depois da morte da terceira mulher, que ele amou muito e que lhe deu filhos, baixou-lhe uma tristeza. E sua vida mudou. Ele, que sempre gostara de beber um pouco, descobriu que beber demais era bom. E foi ficando jogado, perdeu a combatividade. Havia coisas que não queria mais, ser empresário, por exemplo. Com os anos vendeu a livraria e os anexos, fazendo por vezes maus negócios. Guardava o dinheiro para a velhice. Em dólar, dentro do colchão, como sua mãe fazia, uma vez que não simpatizava mais com os bancos. Para dizer a verdade, Cavalcanti gostava de dormir em cima do seu dinheiro. Porque não tinha a menor ideia do que devia fazer com ele. E assim, entre bons e maus momentos, passou o tempo de Cavalcanti.

Ele não esqueceu nunca o menino que tinha fascínio pelas bancas de jornal. Desde que veio com a família de Alto Rio Doce, Paraná, ficava olhando as bancas. Conhecia todas e só gostava de brincar em praças onde tivesse banca. Elas lhe pareciam grandes vasos de flores, como aqueles que Renoir pintou imortalmente!

Uma banca de jornaleiro é um lugar mágico e colorido para qualquer um que tenha nascido antes do século XXI. Recheado de notícias do mundo, estórias em quadrinhos e até fotos de mulheres nuas. O coração de Cavalcanti batia mais forte quando, agarrado na mão grande de seu pai, ele se aproximava de alguma banca de jornal. Antigamente eram poucas, agora são muitas em cada bairro, quase uma por esquina. O mundo era longe. A banca era perto.

Quero dizer que no final das contas o jornaleiro, Cavalcanti, viveu bem.

Entre venturas e desventuras teve o que quis: filhos, amores, negócios, amantes e amigos.
Ganhou e perdeu várias vezes como todo mundo.
Depois os filhos cresceram e foram cada um para um lado mais depressa do que ele imaginava.
Cavalcanti então bebeu uma noite memorável de muita cachaça do Paraná. De manhã, sacou seu canivete, apunhalou o colchão e retirou de lá uma parte do dinheiro que tinha economizado durante a vida inteira. Arranjou um ponto bom em Copacabana, bem em frente a uma galeria de lojas, coisa originalíssima naquele tempo. E comprou uma banca. Uma banca de jornal.

Diante de si as revistas e os chocolates, encimados por todos aqueles maços coloridos de cigarros: light, mentolado, filtro vermelho ou branco, maço ou box. Cavalcanti, o jornaleiro, assistia ao espetáculo do mundo de sua poltrona privilegiada.

Cavalcanti nos últimos anos armou seu cotidiano por volta da banca. E agora, vivendo os últimos tempos, o jornaleiro raramente saía de seu bunker multicolorido.
Sempre que Cavalcanti pode, dorme dentro da banca, embora seja quente no verão. Empilha as revistas

estrangeiras que ficam no fundo, põe o colchonete no chão e pronto.

Tomar banho ele toma na casa da dona Edite, avó de um sobrinho que ele nem tem certeza se é sobrinho mesmo. Dona Edite oferecia o chuveiro, não se incomodava e até gostava, porque assim não precisava comprar o jornal, sabia das novidades pelo Cavalcanti. Para jantar ele não tem fome, mas almoça todos os dias no bar do Armindo, a duas esquinas dali.

É um bar típico de Copacabana, tem oito mesas. Armindo era menino ainda quando Cavalcanti o contratou para gerente da rede de livrarias. Foi bom gerente e abriu restaurantes, ficando bem de vida. E sempre grato ao companheiro e ex-patrão.

Por isso Armindo dava um jeito de passar quase todo dia no seu botequim de Copacabana entre meio-dia e duas horas. Mandava servir o prato de massa do seu Cavalcanti. Que ele mesmo fazia questão de temperar. Depois uma goiabada e um café.

Porém a vida de Cavalcanti não é tão solitária quanto o seu amigo Armindo pensa. Ele sempre teve uma vida interior muito rica e aventurosa. Sempre adorou ler revistas de quadrinhos, Batman, Capitão América, Homem Borracha, nem que fosse atrás do balcão da banca.

CAPÍTULO 6
Avalanche

Voltemos atrás para rever o dia em que Antônio conheceu Cavalcanti. E foi quase soterrado pela avalanche literária. Explicaremos.

A geografia: a banca de Cavalcanti ficava quase em frente à saída de uma galeria de lojas. Eu já disse isso?

E no quarto andar do edifício ficava a editora que tinha publicado o livro de Blue, por influência e pressão de Maria Rosas. Eu já disse isso?

Blue e Antônio já estavam separados havia cerca de seis meses, mas ela continuava com Esteban, o baterista. Antônio continuava tristíssimo.

Ah! A dor do amor. Dói por tudo que seria se ainda fosse.

E João Maria Rosas agora lhe fazia a corte abertamente. Quando Blue casou com Esteban, Rosas ficou decepcionadíssimo. Era apaixonado por ela e manteve a corte, quem sabe um dia.

Aproveitando-se desse fato, Blue, sempre preocupada com Antônio, sugeriu a ele que mostrasse a Rosas

Casaco de Cristal, o livro policial que Antônio tinha conseguido finalmente terminar. E que considerava, modéstia à parte, genial.

Rosas, cujo prestígio crescera, graças inclusive ao sucesso do *Castidade*, levou o livro ao julgamento da diretoria, que ficou de dar uma resposta num mínimo de 15 dias.

Tardou, porém chegou o dia em que Antônio combinara de ir na editora para saber a decisão. Foi nesse dia que conheceu Cavalcanti na banca em frente.

João Maria Rosas. Somente um babaca podia ter um nome desse. Rosas tinha fama de saber o que vende e o que não vende. E achou que *Casaco de Cristal* não vendia. A diretoria recusou o livro. O coração de Antônio quase parou, porque ele tinha certeza de que ia dar certo.

Depois da recusa do babaca traidor/editor, Antônio desceu o elevador e atravessou o corredor de lojas, possesso. Se cruzasse naquele momento com Blue nem cumprimentava. Ela não poderia tê-lo exposto àquela situação. Ao mesmo tempo pensava: "Meu consolo é que o puto não tem chance com a Blue. Ela tem horror a homem perfumado." João Maria era um expert no assunto de perfumes masculinos caros. Era o seu hobbie.

Um jornaleiro recebe uma infinidade de visitas por dia. Não propriamente visitas, porém fregueses que passam por lá para pegar o jornal. Porque uma banca de jornal não é um lugar aonde se vai e sim por onde se passa.

*

Quando ganhou a rua, em frente ao jornaleiro, Antônio sentiu uma primeira leve tonteira. Entrou no jornaleiro, onde sentiu a segunda leve tonteira. Sofria por causa da recusa do livro ou tinha ciúme de Blue com Rosas?

A cabeça de Antônio ferveu. Ele, olhando para o freezer, pegou um picolé Magnum. Para ver se melhorava a angústia. Aí olhou para cima e notou uma prateleira com cinco ou seis pocket books de *Castidade Contemporânea*. Custou a compreender que era o livro de Blue que acabara de sair em formato pocket.

"Ora. Ninguém me avisou, porra. Eu acho e sempre achei que ser publicado em pocket e vender no jornaleiro é a honra maior que um escritor vivo pode ter. E ninguém me avisou, porra."
Esse pensamento, que provavelmente se chama inveja, causou a terceira tontura, nem tão leve assim, e ele caiu. Caiu da banca do jornaleiro. Dois degraus altos de ferro até a calçada. Por instinto tinha se agarrado em duas ou três daquelas colunas giratórias que os jornaleiros colocam na porta e caiu trazendo todas elas. Foi espetacular.

Vários livros de contos do Machado, *O Vermelho e o Negro* de Stendhal, *O Banquete* de Platão, revistas *Veja*, *Caras*, *Superinteressante*, *Mafalda*, um Benjamin, fascículos da Abril, palavras cruzadas, antologias do velho Pessoa, livros de autoajuda, uma preciosíssima brochura de Roberto Rodrigues, um mapa-múndi e muitos outros igualmente respeitáveis.

Uma avalanche literária.

Não sei se o leitor já passou por quedas assim, sabemos que têm a duração de segundos, mas a queda não sai da cabeça de quem caiu. Detalhe a detalhe, a gente não esquece.

Antônio pensou que tinha batido a cabeça no chão, o que para um sexagenário como ele seria a morte certa. Pararam transeuntes. Das lojas saíram funcionários para levantá-lo, inclusive o guarda de trânsito. "Obrigado. Obrigado. Não devo me mover? Chamar a ambulância? Como é que eu vou saber, minha senhora, se quebrei o braço?"

Foi quando, saindo de dentro da banca, um senhor idoso me pegou firmemente e conseguiu me levantar. Diante do seu olhar fiquei calmo. "Não se preocupe, você nem se arranhou. Deixe isso aí. A gente arruma depois. E venha tomar um café comigo."

Foi assim que traumática e escandalosamente Antônio conheceu Cavalcanti, o jornaleiro.

Ficaram amigos desde então. É raro Cavalcanti não gostar de alguém. Faz décadas que ele não precisa mais que dez segundos para identificar o caráter básico de uma pessoa. Tendo assim a impressão de que já a conhece há muito tempo.

Logo Cavalcanti simpatizou com as fraquezas e forças de Antônio, que somente saiu de lá de dentro depois que a banca fechou. Tiveram conversas de homem para homem, sobre a dor do amor fracassado, as rejeições profissionais e as surpresas do mundo. Antônio confessou a história inteira, mas Cavalcanti reafirmou com tanta segurança, com tanto conhecimento de causa às forças da vida, que Antônio tinha até perdoado Blue quando finalmente foi embora.

E fez questão de levar Blue para conhecer seu benfeitor no dia seguinte. Blue, seguindo seus princípios, achou Cavalcanti um barato. Cavalcanti reconheceu em Blue uma mulher bonita.

Com o tempo, Blue aumentou muito o faturamento da banca. Saindo da editora, levou lá o Rosas para ver o acervo de revistas estrangeiras. Deu certo. Rosas passou a comprar a *Times* e *The Economist* regularmente. Outro que apareceu foi aquele rapaz simpático que Blue namorava desde que se separou de Antônio. Esteban comprava a *Variety*, a *Rolling Stone*, além de histórias em quadrinhos brasileiras, estrangeiras, todas. Gastava uma fortuna.

As bancas de jornal atualmente são feitas de metal prateado. Já vêm prontas, são de encaixe. Olhando através da fresta metálica, Cavalcanti observa também a rua. Conhece intimamente, embora nunca tenha falado com nenhum deles, os guardas do trânsito, mendigos, marginais e até certos PMs mal-encarados que fazem ponto na região.

*

Não é possível descrever um homem. Não podemos sentar ao pé de sua alma. Cavalcanti, nos tempos em que amou e viveu, teve e perdeu tudo várias vezes. Hoje tem pouco, a não ser tudo isso dentro dele.

Sendo assim ninguém desconfia que Cavalcanti anda querendo morrer! Não porque a vida esteja ruim, mas porque está vivida. Mas tem horror a qualquer tipo de suicídio, direto ou indireto.

Consideraria uma vergonha ter sua vida tão iluminada ligada no final a ideia tão negativa quanto o suicídio. Para ele teria de ser uma morte natural.

Quando chega em casa, Antônio cai na cama, dorme e, dormindo, sonha. Alguém precisa escrever um livro chamado *A interpretação dos sonhos*.

Antônio sonha com Eduardo. O amigo estava feliz. O nariz grande, a barriga idem, baixinho, ou seja, parecido com um pinguim. Era isso que Eduardo parecia muito: um pinguim. Mas pinguins não são cremados.

Eduardo mantinha um sorriso feliz no rosto. Parecia querer dizer algo de muito pessoal a Antônio. Finalmente falou:

"Não se perturbe tanto, companheiro, com as dificuldades. A vida é ótima, maravilhosa, sensacional, deslumbrante, as mulheres são lindas. A vida não é essa coisa que dizem todo dia nos jornais ou na televisão, ah não! A vida é boa. Te garanto. Mas não vale a pena."

Várias vezes, em sonho, Eduardo voltou para dizer a Antônio exatamente isso. Acho que era o recado dele.

CAPÍTULO 7
A espuma branca das ondas

Eram quase vinte anos depois do Sena.

A espuma branca das ondas, lá embaixo, marca os limites que elas devem respeitar no seu constante vai e vem. Os hotéis em geral têm esse tipo de bar no último piso. Piano Bar no Posto 5. Para executivos tratarem pequenos negócios ou mesmo para levarem suas putas, que todo bom hotel agencia. Antônio olhava ansioso o elevador ao lado do balcão cheio de garrafas coloridas. Lembrou Khlestakov, o inspetor-geral de Gogol, dizendo "o tempo passa como um rato na sala".

Eu, Antônio, sentado sozinho no alto de um edifício em Copacabana, espero a chegada de minha ex-esposa Blue. Semana passada ela fez 59 eu fiz 61. Não passamos juntos. Ela chegou ontem de Malibu, férias na casa de um amigo de Esteban, seu novo homem. Se é que aquele quase imberbe pode ser chamado assim.

Me telefonou de Malibu para dar parabéns no dia do nosso aniversário. Combinamos de nos encontrar hoje.

Ela contou também que Esteban estava muito queimado do sol de Malibu, eu não sei nem onde é Malibu.

O vento frio do mar de Copacabana não me incomoda e até consigo me sentir bem. E ali naquela varanda é permitido fumar! Essa proibição imbecil deve fazer parte de um plano fascista/alarmista, isso de não poder fumar em lugares fechados é um absurdo. Humphrey Bogart se suicidaria. Faz parte de uma conspiração do poder que deseja nos infantilizar! O pulmão é meu, porra, eu respiro o que quiser. Acendo um cigarro no outro. Blue já devia ter chegado há sete minutos. Será que ela vem sozinha ou vai trazê-lo?

Agora Blue está atrasada quinze minutos. No tempo em que éramos casados isto seria imperdoável. Malibu é nos mares do sul?
Antônio repetiu este pensamento olhando o mar e o bar. O elevador responde com um som de sino, abre a porta, e Esteban, jovem e bem-vestido, sai primeiro. Blue vem logo atrás. Esteban aperta minha mão, o que me soa promíscuo.
Olho Blue e me emociono. Tenho um amor doentio por essa mulher. Sentamos os três na mesa, que é a última da varanda de onde se veem as espumas do mar.

Indo ao ponto, o jovem Esteban tinha uma personalidade original. O rapaz era, por assim dizer, um número além de qualquer imaginação. Era dominado pela possibilidade de viver a vida como James Bond! Sua noção de paraíso envolvia lanchas, edifícios de cinquenta andares, aviões particulares, cargos políticos, férias para esquiar etc. Antônio o considerava um exemplar da tolice ocidental. Que se há de fazer? Esteban enganava todos facilmente. Não que fosse um mentiroso, mas era um *asif.*

Asif é uma gíria cada vez mais usada em turmas de psicanalistas moderníssimos.

Um rapaz que usa até hoje boina ou camisa do Che Guevara, acha de alto nível novela brasileira e na verdade não tem nenhum interesse pela política é um *asif*. Um simulacro, entenderam agora? Uma pessoa que aparenta e se comporta como se fosse outra. Muito comum se olharmos ao redor. "Asif" = "as if" = "como se fosse".

Esteban olhou para Antônio com um sorriso franco de dar inveja. Dizendo, antes de sentar, que tinha todo respeito e admiração pela relação de Antônio com Blue, que era um privilégio estar ali. Que na geração dele não havia mais pessoas com tal desprendimento.

Antônio e Blue tinham combinado que seria melhor não se dar presentes, mas Esteban fez questão de entregar logo o dele: uma caneta Parker 51 comprada num brechó num estojo caprichado. Comentou que era a cara de Antônio. Que o armistício da Segunda Guerra Mundial tinha sido assinado com uma caneta de tinta Parker 51. "Esqueceu que a guerra acabou em 44, Hiroshima foi 45," pensou Antônio.

Então Esteban contou que tinham ficado na casa de uma amiga milionária em Malibu e repetiu sua frase principal, aquela que já tinha dito a Antônio, olhos nos olhos, no único dia em que Antônio permitiu que Blue o levasse na ex-casa deles: "Um homem para ser rico precisa antes *parecer* rico. Ser ou parecer, eis a questão. Se eu compro uma BMW, como comprei agora — Blue me emprestou parte do dinheiro, não foi, meu amor? —, dou um jeito de botar no jornal que comprei uma BMW. Nunca acreditei nessa história de baixo perfil, ladrão de automóvel não lê jornal."

Esteban fala com uma fluência de rio Amazonas, mal tenho tempo de perceber que Blue está encabulada com aquela conversa, achando que seu namorado fala demais. Por mim, apenas me espanto.

E Esteban começa sua narrativa impressionante sobre cavalos de raça. Tinha conhecido no final do carnaval passado um americano alto e forte, cabo eleitoral do Obama, de quem tinha ficado amigo. E com quem agora estava fazendo um negócio sensacional que ia mudar sua vida. Blue pediu licença para ir ao toalete, parecia que não queria ouvir aquela história. Era uma empreitada de vulto, continuou Esteban: eles iam comprar cavalos de corrida no Texas, onde até hoje tem muito cavalo, para depois criá-los, com a mais moderna tecnologia, num haras em Miami. O plano era trazer para o Rio os nobres animais através de seus contatos no jóquei e na hípica, e vendê-los caríssimo. Já tinham feito a pesquisa de mercado.

*

Blue voltou e só olhava para mim. Comentou que Esteban nunca tinha tecido as minúcias daquela possibilidade de trabalho antes daquela noite, mas que sabia o que fazia.

Aquele andar alto à beira do oceano era o cenário conveniente para o *asif* explicar seu *big business*. O orçamento estava quase fechado, ele só esperava uns detalhes para ir a Miami concretizar o negócio, na companhia de Blue, naturalmente, que ia adorar. Blue sorriu sem nenhuma significação. Esteban seguiu explicando a Antônio que faltava somente a verba para o lançamento do projeto. Que o lançamento era essencial, se você não lança não vende. Blue estourou com sorriso amarelo, lembrando-o de que Antônio não tinha nada com isso.

Seguiu-se uma pausa tensa. Ele era muito sincero, o Esteban, justiça seja feita. Confessou que nem tudo seria tão simples. Que fracassaria no seu plano estratégico de ficar rico se não comparecesse pessoalmente com a parcela do dinheiro do lançamento. Blue tentou argumentar que o lançamento era secundário, mas Esteban nem ouviu. Fez questão de esclarecer que Blue sabia de tudo, que continuavam apaixonados e que entre eles não havia segredos.

Sorrindo e acariciando Blue, o *asif* disse, então, que precisava pedir dinheiro emprestado a alguém! E que não queria pedir o dinheiro de Blue, embora soubesse que ela tinha. Mas Antônio poderia ajudar muito se convencesse a ex-sogra de que não teria nada de mais se Esteban pedisse dinheiro ao pai de Blue. Josuah como sogro era a pessoa mais indicada.

Blue ficou subitamente possessa. Murmurou no ouvido de Esteban qualquer coisa que Antônio não ouviu, mas que deve ter sido muito desagradável, porque imediatamente os dois começaram a brigar. Blue proibia energicamente que aquilo sequer chegasse aos ouvidos do seu pai. Que Josuah tinha ensinado a ela, desde menina, que os problemas da economia começaram no dia em que o primeiro homem tomou dinheiro emprestado para gastar mais do que tinha!

Esteban retrucou com carinho, mas à altura, que a geração de Antônio e Blue não tinha o mesmo entusiasmo para fazer dinheiro que os antigos Ford e Rockefeller. Que preferia herdar a fortuna dos pais. Aquilo foi inconveniente, muito inconveniente. Blue meteu-se mentalmente debaixo da mesa. Antônio ficou com pena dela. Tentou fazer com que o assunto terminasse ali. Porém Blue já perdera parte dos pinos e perguntava a si mesma, olhando constantemente para Esteban: "Será que para ser um idiota é preciso antes parecer um idiota?"

Em seguida quis saber se era verdade o que sua mãe ouvira na roda semanal de buraco. Que Esteban tinha também pedido dinheiro emprestado a um amigo rico de Josuah! Esteban dessa vez falou mais alto

— E se eu falei, o que é que tem? Ele tem vários amigos ricos.

Pareceu ter desistido da conversa e completou para Antônio:

— Me dá um cigarro aí, companheiro. Aqui pode fumar. Eu não fumo, mas gosto de parecer que fumo.

E dando uma tragada imaginária para Blue:

— Meu amor, em casa a gente resolve isso. Você deve estar se sentindo culpada de não me emprestar esse dinheirinho do lançamento. Vamos falar de outra coisa, que afinal Antônio não tem nada a ver com isso.

E com o cigarro apagado na boca, belo como um deus:

— O negócio dos cavalos vai dar certíssimo. Vou ser mais rico que seu pai.

Talvez cause uma certa estranheza ao leitor o tom desta cena. Esteban não é um impostor, nem um imbecil, embora pareça. Ele acredita nas suas estratégias econômicas.

Blue ficou pálida, sua pressão baixou. Tentou várias vezes interromper o novo marido, mas não conseguiu. Esteban queria a opinião de Antônio sobre como arranjar o dinheiro. E falava muito. Bem, um homem não pode acertar o tom todas as vezes. E Esteban completou contando uma anedota de judeu em Nova Iorque para aliviar o clima. Anedota boa. Blue se meteu mentalmente embaixo da mesa outra vez.

Não sei se foi o vento frio do mar ou a solidariedade que senti por Blue naquele momento. Meus dedos ciumentos se fecharam dentro da minha mão, o braço levantou-se como o martelo da justiça. Eu, com uma força que nunca imaginei que tivesse, acertei um soco na cara de Esteban embora meus 62 anos. Ele não caiu lá embaixo porque a murada era alta. Também não revidou com a mesma moeda. Valeu a força moral. Olhem, confesso que aquele momento foi um dos grandes prazeres da minha vida.

Confusão, mesas afastadas. Veio a segurança e quase fechou o bar. Me arrependi, evidentemente, um segundo depois, achando que Blue jamais perdoaria meu soco em seu novo homem. Mas ela calou, não disse nada. Afastou-se da briga pondo a mão no rosto. O que eu não sabia é que embora não deixasse de trazer flores para ela todo santo dia o casal não estava bem desde que Blue descobrira em Malibu que ele mantinha, em menor ou maior grau, correspondências com namoradas anteriores e que no jóquei ele não somente adorava os cavalos como tinha feito um curso de veterinária com especialização em dopping.

O *asif*, radical, pegou uma pedra de gelo no bar e saiu pelo elevador passando gelo no olho roxo e pedindo desculpa pelo barraco armado num hotel que afinal tinha merecido cinco estrelas. Antes de a porta do elevador fechar, gritou para ela:

— Blue, você vem comigo ou fica com ele?

O bar inteiro escutou e o elevador desceu. Blue entrou em estado de choque, porém, mesmo assim, quando pôde, correu para a murada e, olhando para baixo, ficou esperando Esteban passar. Viu Esteban pequenininho transformado num ponto indo embora na sua BMW. Então Blue abriu o pranto no vento de Copacabana. Naquele momento resolveu ter ódio de si mesma e tomou uma decisão interna de acabar o seu caso com o *asif* Esteban. O que foi fácil, porque pouco depois desse incidente Esteban mudava-se para os Estados Unidos aceitando o convite do sócio saxofonista para comprar pôneis no Texas.

Ficaram no bar Antônio e Blue totalmente contrafeitos. Não comentavam nada, mas bebiam de um Red Label que chegou a marcar metade da garrafa.

Então Antônio convidou-a para beber a outra metade na sua casa, ou seja, na casa que tinha sido dela. Blue foi.

Chegando lá, Antônio deu o melhor de si para conseguir a reconciliação, chegaram perto, mas não conseguiram fazer amor. Apenas choraram juntos nos familiares sofás o ridículo da vida.

Perdido, Antônio quis mudar de assunto. Acendeu um cigarro. A chama do palito lembrou-lhe outras chamas maiores. Aquelas da cremação de Eduardo.

    Eduardo apareceu e, sentado na cadeira, em frente ao sofá, aplaudia o casal, repetindo em vários tons que a vida é maravilhosa mas não vale a pena.

Blue quis ir embora. Tinha começado a chover. Chovia muito talvez por ordem de Eduardo. Temporal. Antônio emprestou sua capa de chuva predileta para Blue, e, na porta, ela disse fumando um cigarro, o último cigarro: "Eu sou muito boba, Antônio. Meus pais não me educaram para a guerra. Eram judeus apavorados. Quer saber de uma coisa? Não quero você nem Esteban nem o Javier

Bardem pintado de dourado. Não quero mais saber de homem. Acho que não gosto de trepar. Não gostei nunca. Não se ofenda, não há nada de pessoal nisso. Se eu mudar de ideia te aviso. Mas aí você não vai estar me esperando!"

Se fosse um filme seria uma cena final. Antônio voltou para a sala e não encontrou mais Eduardo. Ótimo. Não tinha mais idade para ouvir fantasmas.

CAPÍTULO 8
As meninas

Nádia, 28, é a de olhos azuis, Manuela, 21, é a de olhos verdes.

Contando cenas que não vi: Manuela e Nádia conversam no fundo do Lucas, vagabundo bar noturno, ex-tradicional, ainda com reservados, em Copacabana. Manuela intensa "Nunca tive um relacionamento com mulher". Nádia acalmando "Não é tão difícil quanto parece".

A César o que é de César, Nádia desviou para o mau caminho uma considerável fração da população jovem feminina do Leblon e de Ipanema, verdade seja dita.

De manhã, na entrada da universidade, atrás da última coluna, Manuela beija ardentemente um colega que parece com Robert Downey Jr. Pega-o pela mão e sai levando sedutora:

— Hoje vou ser todinha sua. Eu sei onde tem um lugar para a gente ficar sozinho.

— Mas não é perigoso?

— Perigoso é, mas não tem perigo. Eu já fiquei nua lá, atrás da arquibancada.

— Estou doido para te pegar, gata. Você é um tesão.

— Melhor você entrar na frente, e abre com força porque a porta da sala está emperrada.

A porta abre sem nenhuma dificuldade, o rapaz entra na sala interrompendo uma aula com pelo menos 25 alunos. Mas, antes que Manuela feche a porta atrás dele, ainda consegue ouvi-la:

— Foi brincadeira. Mas amanhã vou ser todinha sua.

Os edifícios que cercam a piscina do condomínio parecem paredes de um poço gigantesco. O apartamento de Nádia é uma cobertura.

— Eu não sabia que tinha uma amiga rica no Leblon.

Sala com partes iluminadas e partes escuras, um loft.

— Ou você gosta de mulher ou de homem. Eu gostei de você no momento que te vi pela primeira vez cercada por aqueles babacas na praia.

— Carlinhos, Hélio e Roberto Lúcio, os três apaixonados por mim! Se eu levar os três lá para casa meus pais nem vão ligar, meus pais são liberais. Querem que eu fique morando com eles a vida inteira! Mas resolvi na semana passada que vou casar com o Roberto Lúcio. Eu gosto muito do Lúcio. Tipo bom rapaz. Ele não vai dar trabalho. Caso com ele, pronto, o resto resolvo depois. Me formo.

Nádia tira uma foto com uma câmera profissional. Ela é fotógrafa de verdade.

— Tô vendo a sua vida arrumadinha. Gostei de você da cintura para cima. Você tem seios de madona. Não a cantora, essa eu não entendo que graça acham dela, mas aquela das pinturas clássicas. Se eu te pedisse para tirar a blusa, só para eu fotografar os teus seios, você acharia que estou sendo precipitada?

Por não ter o que fazer, Manuela descobre na parede um quadro astrológico e Nádia comenta.

— Astrologia? Tive meu tempo. Atualmente acho que é uma ciência em pleno desenvolvimento para ser usada toda vez que falta assunto nos bares. Você não vai mesmo tirar a blusa? Eu quero ver teus seios ao luar.

Manuela fica nervosa e acende um cigarro que tira de um maço de cima da mesinha.

— Você fuma?
— Não.

Manuela tenta ir embora daquela casa. Mas não consegue passar da porta. Nádia acende seu cigarro, descansa. Sabe que a vitória é garantida.

— Você veio comigo porque sabe que eu vou desarrumar sua vida tão certinha, despentear os teus cabelos. Não falo assim com todas as garotas, só quando estou doida de paixão. Quantos anos você tem?

— Sou maior de idade.

— Eu tenho 28, retorno de Saturno. O retorno de Saturno vem quando tomamos consciência das nossas limitações. Cada avanço de Saturno através de seu trânsito é um passo dado em direção à maturidade. Até os 29, Saturno vai tocando cada ponto do nosso mapa, chamando atenção para as falhas e exigindo reestruturações.

— Estou impressionada, mas você não disse que não acreditava em Astrologia?

Dando um passo à frente.

Nádia solta os cabelos de Manuela e fala baixo:

— Saturno é feroz. Se identifica com Cronos, o tempo. Era amigo de Janus, o deus das duas faces. Você sempre conquistou as meninas que quis?

Manuela já volta para a sala abrindo o botão da blusa. Nádia, enquanto abre outro:

— Uma face que olha para a frente, imperturbável, e a outra que sonha e delira.

Nádia é uma profissional, uma campeã da sedução. O silêncio impera enquanto Manuela tira a blusa. Nádia beija os seios dela enquanto tira a roupa inteira. Agora são duas mulheres deitadas no deque da varanda, dentro de uma lua. Manuela, ainda com sua saia branca, tenta escapar. Mas não tem chance.

Olhos verdes: "Me deixa ir embora."

Olhos azuis fora de foco: "É tarde. Agora você vai ficar um bom tempo." Nádia dá uma mordida que machuca. "Não me marca!"

Beijam-se apaixonadamente e se entreolham perto da murada. Imaginam que mergulham da varanda até lá embaixo, bem no centro da piscina do condomínio. Quando emergem, olham-se numa combinação muda. Então, mergulham outra vez e, como nos filmes, beijam-se no fundo da água. "Saturno tem pelo menos dezoito luas girando nos seus anéis. Sua densidade é tão baixa que ele flutua como se tivesse sido posto numa grande bacia d'água."

CAPÍTULO 9
Matraca telepática

Começou o verão carioca, uma ironia a 40 graus. Saio de casa para dar aula fazendo o nó na minha gravata enquanto tiro o carro da garagem. E daí? Gosto de dar aula de gravata. Porém ando esquecendo de como se faz o nó. Para mim sempre foi um movimento automático, agora não é mais, muitas vezes me confundo todo. Não existe mais no mundo criatura capaz de dar um nó triângulo perfeito.

Trabalho no Centro. Para chegar na universidade e dar minha aula de antropologia tenho que atravessar uma das ruas mais movimentadas do Rio de Janeiro. Pessoas que vão e vêm, é impressionante como não se esbarram.

Passo pelo José Bonifácio, que ostenta teimosamente sua dignidade monumental dos velhos tempos, e subo os degraus pichados da universidade. Há cartazes de cartolina pregados em madeira vagabunda por toda parte, formando frases desconexas, preparando uma manifestação.

Seu Anísio, bedel da mesa três da secretaria, me diz que estamos em greve. Por isso os corredores cheios de gente que discute política. Seu Anísio não entende bem o porquê da greve. Também eu não me interesso. Porém me diz que até segunda-feira nada abre, certamente. E hoje ainda é quinta. Estou de férias inesperadas. "A vida é maravilhosa, mas não vale a pena." Eduardo tem razão, embora o intencional absurdo da frase. Tenho tido esse sentimento quanto à morte: é uma bobagem. A dor física não é bobagem, por causa de sua indecente concretude. Porém morrer é impranteável. Concluo que devo usar as férias para cortar meu cabelo. Reduzir minha cabeleira de maestro prata e branca. Ela tem um excesso de dignidade que me incomoda.

Entendo os gurus carecas. Cabelos são coisas vivas, incontáveis, presas no couro cabeludo. É certamente bom para a alma raspar a cabeça. Mas se eu fizer isso engordo minha aparência geral.

Eu era um rapaz bonito. Dedos longos, olhos de poeta, magro. As mulheres apreciavam, juro. Hoje não. Certos dias saio na rua e me deparo com o fenômeno físico inexplicável: as mulheres bonitas passam por mim e não me veem. Por mais que me esforce não sou opaco, sou transparente para as mulheres bonitas.

É então que sinto saudade de Blue. Muita saudade. Ela é o amor da minha vida. Uma das características do início do nosso casamento é que ela botava uma cadeira na varanda e cortava meu cabelo do jeito que queria, a tesouradas vigorosas e aleatórias. Ficava lindo.

Antônio não precisa mais ser amado, Antônio sou eu. Casei muitas vezes, já fui muito amado. Não preciso mais disso. Porém amar é outra coisa. É preciso. O homem é um vaso cheio de amor em estado gasoso que exerce forte pressão nas paredes. Um homem tem muito mais amor do que jamais terá a capacidade de dar. Gostar de ser amado é um sentimento para garotos, que desconhecem o preço. Essa frase fez sucesso no único livro que escrevi, um manifesto hippie: *Peter Pan rebelde*, uma besteira inominável. Sucesso por aqui significa uma única edição de três mil exemplares. Nem eu tenho o livro mais, perdi em alguma mudança. Porém lembro que meu estilo era quase romântico. Romântico é o maior elogio que pode ser feito a um escritor, nunca consegui ser. Até Dostoiévski e Platão são mais românticos que eu.

Se os carros de hoje ainda fossem conversíveis, o vento do Aterro estaria batendo no meu rosto. Mas de que me queixo? Afinal estou de férias. Que vieram na hora certa. Dado o tédio com que venho enfrentando as minhas aulas. Vou cortar o cabelo no shopping.

Na rampa que sobe aos andares do estacionamento, um carro atravessa na frente do meu. O imbecil do volante guia mal. Provavelmente trabalha mal, trepa mal, não é inteligente. Não acho que tenha a menor importância ser inteligente. O raciocínio humano é caótico, sem significação ou clareza. Como sabe que a significação e a clareza são valores importantes, o pensamento os procura. Em vão.

Pessoas são diferentes. Porém nesse momento todos nós temos as cabeças confusas e vemos confusamente a mesma coisa. Carros, muitos carros. Embrulhos e bolsas procurando vaga. Estacionar seu carro num estacionamento de shopping é uma loteria. Um dos métodos é seguir com atenção gente que caminha dando a impressão de que está indo embora. Não digo que seja um método confiável.

Faço então crítica aos tempos modernos. A sociedade está com pressa, com uma urgência doentia, ninguém fala mais com ninguém e a culpa é da internet. Será? Meses atrás estava na mesa redonda de um restaurante de luxo jantando agradavelmente com uma dúzia de amigos. Uma discussão, não importa, um assunto estava em curso, animado e engraçado. Todos discordavam alto, um barulhão. De repente tocaram ao mesmo tempo onze celulares, muita coincidência. De um segundo para outro fiquei sozinho. Uma mágica! Inimaginável num passado recente. O feiticeiro tinha desaparecido com meus amigos!
Antônio não para de pensar, tem mania.

Todo mundo atualmente tem pressa. As crianças têm pressa de crescer. Se não aumentam vários centímetros por ano, os pais aflitos levam ao médico. As virgindades são perdidas logo, antes que possam ser sequer sentidas. O mundo não tem espaço para as crianças. É preciso também ficar rico aos 25 anos ou está perdido o status de vencedor. Por isso é preciso aprender a competir mais depressa, a roubar mais depressa e mais depressa destruir a si mesmo. Com esses adultos montados nas costas os velhos não têm tempo de envelhecer. Fazem plásticas e check-ups. E sofrem assim o preconceito semelhante àquele contra os judeus e negros do mundo.

Na sociedade da câmera rápida, é tudo ao mesmo tempo. O jovem merece tudo e ao mesmo tempo é desprezado. Para que prestigiar aquele senhor, o chamado idoso, que insiste em trabalhar tirando a vaga de um jovem inexperiente? Num mundo em que quantidade vale mais que qualidade e velocidade mais que perfeição? Na sociedade moderna atual, se alguém tivesse dinheiro para isso, construiria campos de concentração com câmeras de gás e tudo, para isolar os velhos e as crianças. Por que essa pressa aqui no estacionamento do shopping? A que cinema lotado eles vão? Onde está esse espetáculo formidável? É preciso correr para comprar os últimos lugares? Por que não compram pela internet? Enfim, aonde quer chegar essa multidão de maratonistas?

Certamente deseja ultrapassar a beira do abismo, sem notar que a sua corrida, agora no ar do vazio, é ridícula.

Antônio era sem dúvida um exemplar típico da respeitável dinastia da inteligência irritada de forte tradição na cultura brasileira. Vinda de Dom Pedro I ou antes, passando por Rui Barbosa, Glauber Rocha, Arnaldo Jabor,

Paulo Francis, Chacrinha e muitos outros. Antônio ficava irritado quando alguém dizia isso, mas era verdade.

Eu me movo mais lento que posso só de implicância.
    Agora procuro o barbeiro do segundo andar. Andar de escada rolante é um prazer, como comer chocolate. A gente aprende na infância e nunca mais esquece.
    Não tinha um barbeiro por aqui? Mudou para uma loja que vende pequenos objetos decorativos? Antônio pensa cada vez mais depressa. Devia ter ido ao Caju quando Eduardo morreu, mas não fui. Os outros amigos certamente foram. Não fui porque não quis. Não quero mais ir a esses lugares. Tenho medos e direitos. Já bastam aqueles que não poderei faltar. Antônio, cuidado: "O covarde morre muitas vezes, porém o bravo encontra a morte apenas uma vez." Isso é Shakespeare.

Desisto de cortar o cabelo. Pra que cortar o cabelo? Penteio com os dedos minhas belas mechas de maestro e prefiro ir ao cinema. Gosto de cinema no shopping, onde não é preciso escolher que filme assistir. Ou não vou ao cinema, pronto. Fico vendo vitrines, como fazem as mulherzinhas.

Estou perdido entre cartazes, são oito cinemas, lado a lado, feitas as contas são quarenta cartazes. Todos tentam me convencer de que o filme é bom. Os cartazes antigos do cinema americano não tinham por finalidade afirmar a qualidade do filme. E sim te convencer de que aquele era o melhor filme que jamais foi feito. Inesquecível cartaz: Mary Astor pequenininha, mas de corpo inteiro aos pés de um imenso close do Bogart, que aponta um revólver do tamanho dela, fumegante, O Falcão Maltês. Reparo também no nome dos atores. Desconheço a maior parte. Tem muito ator agora. O mundo cresceu, é isso. Este é o fato determinante. A solidão é exatamente proporcional à população.

Em não sabendo que filme escolher, metido numa fila de uma dezena de metros para comprar pipoca doce com amendoim. Que filme escolher? Em frente ao cinema 6 decido ver o filme mais elogiado da programação, que deve ser chatíssimo. No cinema 6, fundo do corredor. Filme croata, ou será iraniano? Ou seja, com fundo político muito importante para eles e que eu não entenderei muito bem. Provavelmente conterá cenas fortes de sexo, filme de arte. Li qualquer coisa sobre esse diretor genial de nome impronunciável em cartaz há mais de um mês. Se o filme dele continua em cartaz, deve ser o bom. Que horas é a sessão? Saco, passam dois filmes nesta sala, alternadamente. O meu é às dez e quinze. Bem, estou em greve, não importa a hora que vou dormir. Inútil bendita greve. Está decidido, vou esperar naquele bar ali, olhando as pessoas. Pedirei um conhaque em vez de uma margarita como todo mundo pede.
    Cristo morreu com 33 e a média no tempo dele era quarenta.
    Passo por um átimo pelo espelho do bar. Sou um homem de 62 anos, maduro, charmoso, mas que não lembra o Bogart. Mas chega, Antônio! Em nome da santa luz, é preciso que eu refreie meus pensamentos. Sou uma matraca telepática. Um homem de bem deve pensar pouco. Se possível, não pensar.

CAPÍTULO 10
Vestido branco e leve

Eduardo era um garoto da minha turma! Tinha alguns anos a menos que eu. E lembro que o sacaneávamos dizendo que não podia ir às festas porque eram impróprias para menores de 14. Edu sempre foi um sensual lírico.

Numa mesa, sozinho, olho de longe a porta do cinema. Quando chegar as 22h15 já estarei bêbado e gostarei do filme.

Não fui ao velório, mas à cremação de Eduardo fui. Já disse isso? Ocorreu às 11 horas da manhã do dia seguinte. Ontem. Fui. Não sei como andam fazendo para conservar em tão bom estado esses cadáveres modernos. Deve ser algum aplicativo. Me arrependo deste pensamento. É agressivo para com meu amigo.

Estou sem paciência. Exaurido pela paixão de Blue. Mas nem tão triste assim! Os fins de linha são sempre repousantes, seja como forem.

Eu não sabia ainda que ia conhecer Manuela e Nádia, que elas iam mudar minha vida. Mulheres jovens têm o que ensinar. As de sessenta são apenas inesquecíveis.

Instante quebrando a rotina. Passa em frente ao bar uma mulher bonita, jovem, vestido branco de tecido leve, deve ter pouco mais de vinte. Tudo ao redor fica branco de tecido leve. É um susto transbordante de hormônios a beleza da garota! Embora meu crescente, inegável caminho para a impotência, isto sim é grave, ainda percebo mulheres bonitas imediatamente no momento em que elas aparecem. Tendo a ir atrás dela. Mas beleza cansa e ela anda depressa. Desisto.

Minutos depois estou um pouco bêbado. Olho o relógio pela quinquagésima vez. São 22h12, quase a hora da sessão. Espantado, vejo entrar pela porta do canto do cinema 6 nada mais nada menos que aqueles dois seios incomuns cobertos pelo vestido branco de tecido leve. Será a mesma? Sem dúvida. E eu a conheço de algum lugar! Ou será que a gente conhece todas as mulheres bonitas de algum lugar? Os seios sustentados por uma cintura grossa interessantíssima. Sozinha? Não tenho mais idade para fantasias desse tipo. Paquerar meninas de cintura grossa sozinhas em cinemas de shopping. Mas por outro lado não tenho tido realidades impressionantes que justifiquem meu esforço de acordar. Entro atrás, rápido, a sala ainda acesa. O cinema 6 é dos pequenos, talvez lotação de oitenta pessoas. O filme deve ser tão chato quanto parece, porque dentro do cinema tem cinco pessoas. Manuela, logo saberei que este é o seu nome, tinha pendurada uma bolsa enorme e estampada, fácil de ver de longe.

Ela senta em uma das últimas filas. Não subo as escadas. É melhor esperar mais um pouco para decidir onde sento. As luzes apagam e eu rumo para a última fila. Mas antes que eu chegue, Manuela muda de ideia. Desce as escadas pelo outro corredor, saltitante e belíssima. Senta agora numa das primeiras filas. Eu na última. Costas na parede! E começam os trailers, a luz do projetor passando por cima da minha humana cabeça.

Manuela olha para trás. Me vê. Não resta dúvida, me viu. Bonita. Cara de sacana. Bochechas. Bonita. Já vi essa menina na universidade, estala minha memória.

Inicia-se o filme. Logo começam as cenas de sacanagem conforme esperado.

Depois de um plano geral enorme, longo e lento numa estrada poeirenta, um homem e uma mulher trepam num palheiro. Boa a cena do palheiro. Detalhada. Realmente o cinema croata, iraniano, ou quem sabe turco, está fazendo bem esse tipo de coisa, antigamente denominada filme pornô. Entra um terceiro ator tirando as calças, pronto para qualquer emergência. Olha, assistir a estas cenas fortes com o cinema cheio, ao lado de senhoras e senhores respeitáveis, tios e tias, deve ser embaraçoso. Não sei como estão fazendo. Mas está certo. É o cinema de arte ultrapassando convenções e resgatando território dos genitais, que originalmente sempre deveria ter sido seu. Beijos sem preconceitos na tela. A cabeça de Manuela se move lentamente, olha para mim outra vez. Desta vez é inegável que me olhou. Desço então! Porém paro em pé na parede lateral sem coragem de ir até ela. Não é o momento. Dado o teor da cena erótica, apresentar-me, dizer meu nome, ou perguntar o dela seria inadequadíssimo. Meus olhos cravam naquele pescoço comprido de marfim. Ela não me olha. Mas tenho certeza de que está me olhando.

Pé ante pé, lentamente, entro na fila onde ela está e sento-me ao lado. Certo do fracasso de minha empreitada. Não sou lindo como os jovens.

Por um momento olhamos um para o outro tirando os olhos do filme. Talvez tenhamos sorrido um para o outro. Sei que no final daquela cena antológica que durava uns bons quinze minutos eu já tinha passado meu braço ao redor de Manuela e ela já tinha me oferecido um tic-tac de hortelã. Termina a cena erótica, mas o filme continua. Demos um beijo só, durante os restantes 113 minutos de duração da película. Sei que é difícil acreditar, mas sempre houve beijos muito longos, que têm medo de acabar. Nenhuma mão lenta se arrastou para o colo do outro, não! Foi só o beijo! Saímos do cinema trôpegos.

— Manuela, muito prazer.

— O prazer é meu — respondeu Antônio pensando "Deve ter sido minha aluna de Antropologia Social I. E se foi, não pode! Se é minha aluna não pode, nem nos Estados Unidos".

— Por acaso é minha aluna? Sou professor de Antropologia.

— Por quê?— perguntou Manuela num ímpeto de desconcertá-lo.

*

Eu não sei. Antônio não sabe até hoje que motivo o levou a cursar antropologia numa faculdade particular recém-inaugurada na zona sul. Seus pais queriam muito que ele se formasse para ter direito a prisão especial. Apesar de Antônio, dócil menino, nunca ter tido a intenção de cometer crime aprisionável.

Melhor do que engenharia ou direito certamente era. Antropologia é o estudo das relações deste ser chamado homem e do mundo em que vive. Naturalmente há definições melhores em qualquer Google. Sempre achei que palavras estrangeiras devem ser escritas como se pronuncia. Então guguei.
— Por que não? Pode-se afirmar que há poucas décadas a antropologia conquistou seu lugar entre as ciências. Primeiramente, foi considerada a história natural e física do homem e do seu processo evolutivo, no espaço e no tempo. Se por um lado essa concepção vinha satisfazer o significado literal da palavra, por outro restringia o seu campo de estudo às características do homem físico. Essa postura marcou e limitou os estudos antropológicos por largo tempo, privilegiando a antropometria, ciência que trata das mensurações do homem fóssil e do homem vivo.

Antônio ouviu a gargalhada de Manuela, comunicativa, enorme, cheia de dentes. Isso o animou na explicação.
Manuela sabia que ele estava repetindo um charme de professor maduro interessado na sua especialidade, então ria dos detalhes. Ele sabia que ela sabia que ele estava

fazendo o citado charme. Mas orgulhava-se de ainda saber fazê-lo com razoável humor.

— Antropometria não é meu caso certamente, nunca me interessei em saber quantos centímetros tem o meu órgão reprodutor ou qual é a velocidade do crescimento das minhas unhas.
"Na verdade, quando garoto eu queria ser músico, ou melhor, pistonista de orquestra. Talvez por causa do dia em que meu pai reviu comigo num videoclube um filme da sua juventude. Uma velha estória do jazz de um trompetista provavelmente nascido em Los Angeles, que morre jovem ainda porque bebia demais. Insatisfeito, tinha procurado a vida inteira uma nota aguda que ouvia em seus delírios mais inspirados. Quando morre alcoólatra no final do filme, ele ouve o ruído da ambulância que vem chegando para buscá-lo. Reconhece a nota aguda: "É essa, é essa!" O filme chamava-se *Com uma canção no coração*, sendo o pistom dublado pelo famoso *bandleader* Harry James."
— Nunca ouvi falar.
— Meu pai chorava muito vendo esse filme. Então era isso que eu queria ser quando garoto: pistonista. Daí para antropologia foi um pulo. E de aluno para professor na mesma faculdade, simpático como eu sou, foi outro pulo. O pessoal da faculdade gosta de mim. Entende agora?
Ele esforçava-se por ser engraçado.
— Não me lembro de você na sala de aula.
E Manuela ria.
— Mas o que eu realmente desejava quando rapaz era ser escritor. Acho, Manuela, os russos do século XIX o

maior barato. Não sei se você lê essas coisas, se não leu te invejo. Sei que este desejo profissional coincide com o da galera do Flamengo da minha geração. Mas cheguei a escrever um livro. Ruim. Como todo mundo, frequentei o Paissandu.

Manuela estava encantada com a autodefinição daquele homem maduro. Manuela de perto pareceu a ele uma estatueta art déco. Enfim, tudo caminhava muito bem aquela noite, apesar da morte de Eduardo. Que, diga-se de passagem, certamente ficaria louco por Manuela se estivesse ali.

Foi quando tocou dentro da bolsa colorida o celular. O hall de entrada do cinema já estava vazio. Ela pediu licença e se afastou quatro passos, conversando animadamente no telefone com alguém que ria muito, talvez até demais, porque ela ria demais. Deve ser amiga, namorado não ri tanto.

Depois caminhamos pelo shopping enrolando encantamentos em direção ao elevador. Há muito tempo não me acontecia um encontro assim. — Almodóvar, Lars von Trier, Oshima, Kiarostami e Kechiche... O cinema é a sétima arte. Quais serão as outras seis?
Manuela diz que não tem tempo para ir ao cinema, nem para ir ao teatro. Veio ver o filme hoje porque uma amiga recomendou, aquela com quem ela falou no telefone.

— E você gostou do filme? — Meio indecente, sem necessidade. Não vejo necessidade do sexo explícito nos filmes de arte. Acho que o indireto é mais excitante, embora não tenha nada de mais. Meus amigos cineastas pernambucanos só fazem sexo explícito nos filmes, ali pra valer. Senão um fica mal com o outro. O que que tem? Acham que o ridículo é não fazer. Depois dos chupões da Globo é não fazer.
 Sem esperar a resposta me ofereço para levá-la em casa.
 — Que horas são?
 Manuela vê no celular.
 — Zero e 32. O filme foi maior que o anunciado. Eles ficam com medo de anunciar a duração certa e não vir ninguém.
 Também eu acho Manuela engraçadíssima.
 Mas apenas por um momento, porque depois empalideço com o Zero e 32. O estacionamento fecha às Zero e 30! Não vão mais me deixar tirar o carro!

Procuro nos bolsos o cartão do estacionamento e confesso rindo como se fosse divertido que, ainda por cima, perdi o cartão do estacionamento. Fico nervoso. Embora saiba que um homem só pode considerar que alguma coisa não está nos seus bolsos depois de procurar umas quinhentas vezes. Os bolsos são buracos mágicos. Ela riu ainda mais uma vez e eu lembrei, consolado, que as mulheres em geral dão para homens que as fazem rir.
 — É que eu não durmo bem na minha cama sem o meu carro na vaga dele.
 — Sistemático.

*

O estacionamento. Imenso. Vazio a perder de vista. Meu carro era um ponto longínquo naquele deserto de cimento quase não visto pelos meus olhos míopes. Aquele lugar que não tinha nenhuma vaga possível agora tem todas. É perigoso e labiríntico. Aquela imensidão vazia e escura resistindo aos meus gritos para saber se tem alguém num raio de cinquenta metros. Manuela grita também.

— Tem alguém aí?
— Is anybody there?
— Qualcuno è lì?
— ¿Hay alguien ahí?

Sai do elevador nas minhas costas um senhor até bem encarado com uniforme do exército do shopping. Conto para ele minha situação. Este senhor parece já ter passado dez vezes por aquele momento, há sempre um babaca que perde o cartão. Suportando seu olhar de desdém, explico que perder cartão é totalmente normal no mundo moderno.

CAPÍTULO 11
Por trás do tapume

O interfone. O vigia/porteiro comunica-se com os porteiros/vigias dos andares de baixo.

E, afirmando que já sabia disso, me diz que o guichê do térreo é o único que fica aberto até uma da manhã. É preciso que eu desça lá, pague outro cartão imediatamente, suba de novo. Ou deixe meu carro no shopping até amanhã de manhã. Dito isto, o fardado vira as costas e entra no elevador, que o trouxe. A porta fecha logo atrás dele. Depois de um momento, corremos também para a mesma porta do elevador, combinando: descemos, pagamos, subimos.

— E depois, vamos jantar juntos?

A resposta dessa vez vem de um disjuntor que desarma como um trovão. A luz fria no hall do elevador apaga. Comento numa quase treva:

— O elevador parou.

Manuela calma:

— Desligam tudo essa hora. Vamos pelas rampas, são só três andares.

— Pode ser o início de uma grande amizade — digo eu, numa alusão a um filme antigo conhecidíssimo que Manuela provavelmente não viu. — Vou lá num instante. Quer dizer, iria, não posso deixar você aqui sozinha. Essa garagem é escura, enorme.

— Que que tem?

— Pode aparecer um serial killer.

— Só se o filme for muito ruim.

E súbito, Manuela avança para ele e beija-o na boca! Boca aberta. Saindo do beijo no momento exato em que ele começa a corresponder.

Descem então os dois sem dizer nada, para pagar o bilhete. Escadas circulares parecem um carrossel. E girando, ela pensa: "Eu saco esse cara! É famoso no campus. Tenho muita amiga que tem muita vontade de comer ele, embora a terceira idade. Eu não gosto de velho, mas foi a Nádia que comentou que ele era o cara certo. Muito inteligente, já foi casado com umas mulheres bonitas aí. Valeria a pena botar no currículo."

A ausência dos carros é tão estranha que torna o lugar belo. Serão o mesmo, o belo e o estranho? Deliro para comigo que aquelas rampas descerão até o centro da Terra. Comentamos sobre a agitação da presença das pessoas comparada à agitação de suas ausências.

— Pessoas somem como ilusões — Manuela diz, me olhando por um momento como quem acena com um grande amor.

Claro que não acredito, ela é do tipo que promete mas não dá. Para surpresa minha, ela segue o meu pensamento em voz alta como se fosse o Watson do Sherlock Holmes.

— Desde criança prometia ser boa aluna e era má. Então prometia ser má aluna e então era boa. Meus namorados perdiam a paciência com meu jogo depois de algum tempo, mas o poder era enorme. Minha analista, aquela sacana, enquanto olhava o limite da minha minissaia, teve a audácia de me classificar como: típica perversa com os homens, perversidade leve, aceitável. Ainda bem que larguei a análise. Fiquei devendo um mês de propósito.

Soa novamente o ruído do telefone abafado no fundo da bolsa.

— Meu celular está tocando de novo!

Ele pensa "Quem será que telefona tanto para ela?"

Manuela, em vez de se afastar, interrompe súbito a caminhada. No impulso da descida, Antônio tropeça cinco passos até conseguir frear.

— Dá licença, é aquela amiga minha — ecoou Manuela nas paredes de cimento cinza.

Eu fico ouvindo ela conversar com a tal amiga:

— Como é que você sabe disso tudo? Ah, é, é? Ah, é, é? Ah, é, é? Ele perdeu o cartão. De mim não precisa ter mesmo, não é, querida? Sou bem-comportada.

"Ter o quê? Deve estar contando do nosso encontro. Será que são lésbicas? Não, não pode ser, Manuela é feminina demais."

Falando no celular, Manuela se esconde atrás de uma das centenas de colunas do estacionamento e portanto some na paisagem. Estou sozinho de novo.

Mas apenas por um instante. Manuela sai da coluna e vem correndo.

— É minha prima, quase prima. Desculpe.
— E vocês sempre se telefonam assim toda hora?
— Só quando tem assunto.

Aproveitando a rampa do segundo andar, Manuela agora quer saber se ele é casado ou solteiro. Antônio desfia sua história com a ex-esposa Blue, mas não conta nem metade. Mente:

— Estou separado há meses, já me acostumei.

Manuela quer saber tudo sobre ele e Blue, profissão, idade, cor dos olhos, signo, por que não tiveram filhos. Antônio responde, mas aos poucos cala.

— Não gosta de falar de uma mulher com outra, é isso?
— Pode ser que seja.

E surge a imensidão do estacionamento do primeiro andar.

Na cabine do térreo, o segurança interfona daquele local de onde já podemos vislumbrar a liberdade, ou seja, o Leblon.

Mas o processo tem seus detalhes.

Quinze minutos depois chega o chefe de segurança noturna dizendo que tem de acordar a mocinha porque é a única que sabe lidar com o computador. Tento pagar o estacionamento, mas nota de cinquenta não tem troco. Mas não pode sair para trocar lá fora porque não está pago. Manuela se oferece como refém e fica conversando sobre futebol com os seguranças. Posto isto e mais as despedidas e mais o tempo de volta, subindo três andares de rampa ascendente. Sempre me impressionou como os caminhos de volta são diferentes daqueles mesmos da ida. Chegamos ao andar original com o cartão de estacionamento na mão.

1h02 da manhã. Estou ofegante. Não há libido que aguente esse tipo de espera. E me espanto de ainda achar Manuela interessante. Ou terá sido aquela conversa longa que tivemos subindo o caracol sobre os nossos esportes prediletos e vocações frustradas? Ela frescobol, eu corro maratonas. Sou antropólogo, mas também fiz Letras. De vez em quando dou palestras sobre Puchkin, Turguêniev e Cholokhov.

— Eu sei, fui a uma. Cheguei na metade da aula, sentei na última fila.

Ele então conta que casou sete vezes. Primeiro disse que tinham sido quatro, depois lembrou de mais três. Eu confessando minha essencial futilidade de menina bem-nascida no Leme, ele citando Dostoiévski.

Ela me pergunta quantas vezes já amei de verdade. Eu respondo nenhuma, fechando este diálogo com chave de ouro. Realmente esta é minha noite de sorte.

Ele vê de longe seu carro, bem vagabundo, como convém a um intelectual. Antônio saca do coldre o controle remoto e abre de longe a porta do carro. Comenta que a amiguinha dela não telefonou mais:

— Minha amiga dorme cedo.

*

Antônio mete o cartão pago na fresta. A cancela abre convicta, como uma virgem recém-deflorada:

— "Obrigada pela sua visita. Volte sempre."

E de repente, sem pensar, Antônio mete o pé no acelerador, movido por uma euforia infantil, engata a ré.

Pensa: Agora o estacionamento é todo meu. Começo a correr em círculos por dentro do espaço magnífico. Manuela às gargalhadas e eu fazendo minha cara de imbecil número 3, recurso que utilizo quando quero parecer o homem mais engraçado do mundo. Círculos, os pneus cantam como anjos desafinados. Manuela grita dizendo que é perigoso, mas sem parar de rir. Então arremesso o carro em direção à parede. Dou um grito de suicida e paro a vinte centímetros da tragédia. Precisão extraordinária. Manuela não perde tempo:

— Agora é minha vez?

Manuela rodava e buzinava. Além de fazer os círculos com uma velocidade inegavelmente maior do que a minha. Pensei na pouca possibilidade de sairmos ilesos daquele súbito parque de diversões, mas não demonstrei medo. Só dizia em variadas inflexões:

— Para, menina!

No fundo do estacionamento do quarto andar que é ao ar livre e onde ainda não tínhamos estado, há um tapume cobrindo toda a parede e anunciando uma peça teatral certamente péssima que vai entrar em cartaz no shopping. Boa motorista, Manuela: dá um cavalo de pau e estaciona o carro atrás do tapume, lugar discretíssimo.

Ela mesma sai do carro e me olha faiscante com intenção inegável. Era uma noite sensacional e eu estava vivendo uma conquista digna de um herói de videogame. Talvez meu pênis não correspondesse inteiramente às minhas pretensões, mas até isso era improvável, tal a minha excitação.

Beijando Manuela de madrugada no estacionamento do shopping a vida é bela.

Manuela surpreende mais uma vez. Fica séria, quase grave, e sussurra no meu ouvido:

— Beijo na boca não! E é por trás!

Com a cara indignada copiada de alguma modelo profissional, vira de costas embaixo de mim. E levanta o vestido branco. Não usa calcinha. O pescoço de Manuela! Era tão belo quanto a Capela Sistina.

Vimos o amanhecer juntos, graças a deus a faculdade estava em greve.

Eduardo apareceu outra vez lá atrás do tapume "A vida é maravilhosa, estupenda, surpreendente. E a garota é gostosíssima. Mas não vale a pena."

Porra, o que será que quer me dizer com isso?

Eu tinha ido à cremação de Eduardo, mas saí de lá deprimido. Quem nunca viu não deve ver. É fácil tornar-se cinzas. Um pensamento terrível me atravessa no momento em que o corpo do Eduardo explode em combustão absoluta, tornando tudo nada! Teriam as consciências daqueles que são cremados, mesmo desaparecendo para sempre depois, alguma noção daquele momento tão brutal? Estremeci.

*

A manhã pintava cores no céu, como se a vida fosse um samba do Cartola.

No dia seguinte telefonei para Manuela, ela não estava. Telefonei de novo. Ela não atendeu. Depois, no quinto telefonema, notando que era a mesma voz que atendia, disse meu nome e perguntei que horas Manuela ia voltar. A voz riu e desligou sem responder. Deixei pra lá.

    De qualquer modo minha semana estava muito ocupada. Tinha um encontro marcado com Blue, minha ex-esposa, para combinarmos o imposto de renda. Manuela tinha de ficar para depois.

CAPÍTULO 12
Atravessando a cidade

Uma vez é a última. Antônio prometia para si mesmo enquanto chegava o Taxi Beat. A outra reunião desse tipo, eu não vou! Ou não devia ir. Discussões políticas em grupo são sinônimo certo de burrice em nível industrial. Mas dessa vez a associação dos professores de literatura ia discutir o valor do prêmio do concurso: ficção e ensaio. Alguém tinha proposto uma quantia razoável, 50 mil reais. O pessoal da Secretaria de Cultura não queria soltar a verba. Acha muito alguém ganhar isso só porque escreveu um livro, mesmo que tenha escrito a *Odisseia*. Ninguém detesta mais a cultura que o pessoal da Secretaria de Cultura, ou melhor, não detesta a cultura. Você não pode detestar uma coisa que você não sabe o que é.

A cultura não remove montanhas, não faz pão, não derruba governos mas é imprescindível para que o caos não se instale imediatamente e de uma vez por todas. Eles nunca pensaram nisso, nem vão pensar. E eu resolvi ir à reunião achando que podia ser útil para minha classe.

Preciso parar de ter dúvidas se vou ou não! Você, Antônio, já está dentro do táxi, e o táxi já chegou!

O homem é inviável, pensou Antônio. Um homem atrás do outro dá uma fila de dois. Se eles forem fortes e tiverem cada um diante do braço direito um escudo de ferro, isso já dá uma espessura suficiente para conter um tanque de combate. Agora. Imagine duzentos pares desses, um ao lado do outro. É uma parede digna dos muros de Troia, sem a possibilidade da brincadeira do cavalo de pau. Enfim, o que tinha de PM fechando a rua por causa da manifestação na Cinelândia não estava no gibi. Ninguém sabia para que ou por quê. Tudo isso em frente aos belos Arcos da Lapa, onde mandei parar o táxi. São duzentos PMs, irremovíveis.

A Associação dos Escritores é no prédio do Amarelinho, ao lado de um edifício solene e sujo, a Câmara suja dos Deputados. Os PMs estavam lá, embora tenha sido anunciada nas redes sociais uma manifestação pacífica. Quando vi aquilo nem saí do táxi, mandei voltar. Não ia ficar ali naquela bagunça para receber balas de borracha ou bombas na cabeça. A solução pessoal é sempre a mais nobre. Verdade que eu poderia me esgueirar pelos cantos e chegar ileso ao Amarelinho. E até tomar um chope duplo ou triplo por lá. Mas, na volta, haveria outro Taxi Beat?

Eu não tinha concluído esse pensamento, Nádia já estava sentada ao meu lado. Com um vestido muito curto da cor dos olhos. Tinha entrado pela outra porta e sentou.

— Meu nome é Nádia, o seu é Antônio, você é antropólogo, ensina na universidade. Nunca fiz um curso propriamente. Não gosto de fazer cursos. Quer dizer, não gosto de terminar as coisas. Você está voltando para a zona sul? Arrependimento? Você mora onde? Essa é uma excelente oportunidade para salvar uma vítima da guerra civil carioca. Te deixo em Copacabana e sigo para o Leblon.

— Também te conheço, já te vi na universidade.

Nádia não era alta nem baixa, assim devem ser as mulheres. Bonita nem feia, com dois olhos de um tom de azul que sei raríssimo.

— Passeata só é bom quando você está desde o início no meio do buchicho. Não me interesso por política, a não ser para achar que está tudo perdido. O homem é inviável, não lhe parece?

Antônio sorri, lembrando que hoje já pensou nessa palavra.

— Nitidamente inviável.

O táxi passa agora em frente à Embaixada Americana, já entrando no Aterro.

— Fala-se muito mal da intervenção humana na irretocável paisagem natural. Mas nem sempre é feio. O Aterro é bonito. Você vai para que rua?

— Vou ficar na Barata Ribeiro. Não tenho para onde ir. Estou de férias.

*

E em frente ao Rio Sul. Nádia:

— Acho este túnel emocionante. Tem uma montanha aqui em cima e uma cidade em cima da montanha. Do outro lado, Copacabana. Gosto sempre de saber o que eu tenho em cima da minha cabeça. Mas prefiro o Túnel Velho. Eles fazem buracos nessas montanhas! E olha o tamanho desse! Já pensou o trabalho que isso deu? É muita picareta. Eles fazem buracos nas montanhas. Eu estou sempre de férias. Então vamos os dois para minha casa no Leblon.

E para aliviar a barra continua o assunto.

— O homem é um erro da natureza. Uma espécie enferma. Tenho uma amiga que você conhece mas ela não sabe que eu te encontrei hoje. Ela estuda Biologia.

Nádia mete a mão na mochila e tira o celular.

— Ô querida, estou chegando. Trânsito horrível. PM na Cinelândia. Surpresa para você. Estou chegando com aquele cara que nós comentamos. Não, não estou nervosa. Vai jantar com a gente. Estou aqui levando com ele aquele papo ridículo do inviável que você conhece e eu gosto. Não, pode entrar no banho.

Nesse momento Antônio compreendeu que Nádia tinha um senso de humor compulsivo.

O sinal fecha distante, o engarrafamento piorou, Nádia para o chofer do táxi.

— Será que tem alguma coisa aí em frente? Lei Seca?

— Não. Engarrafou porque engarrafa.

*

Ipanema, Leblon pela praia. O engarrafamento permanece indiferente à paisagem. Mar de carros. Os dois resolvem saltar do táxi uma esquina antes, melhor andar a pé.

— O homem é o único animal que mata outros da mesma espécie, que não tem um instinto contra isso. A "lei da selva" mata só para comer, sendo predador e presa de espécies diferentes. Dentro da mesma espécie, fora algumas duvidosas exceções entre ratos e formigas, não há matança.

— Como é que você sabe disso tudo?

Nádia cumprimenta seu porteiro com intimidade, toca no décimo oitavo andar. Antônio resolve se manifestar:

— Você se interessa por mais assuntos fora esse?

— Eu me interesso por muitos assuntos de vez em quando. Sempre, não me interesso por assunto nenhum.

— Esse elevador não para de subir?

— Há também a questão da facilidade de criar ideologias. Certos tipos de macacos japoneses lavam as batatas no rio antes de comê-las. Outros, não.

Nádia vai ficando embriagada pelo brilho do discurso e continua.

— No entanto uma tribo não declara guerra à outra, porque não possuem uma ideologia que as capacite a dogmatizar que a lavação de batatas é um mandamento divino. E que comê-las sem lavá-las é uma heresia mortal. O homem é inviável.

Nádia abre a porta de casa. Antônio surpreende-se com o tamanho do apartamento.

— Um homem conta, na condição que a natureza o pôs, com três cérebros. O mais velho desses cérebros é basicamente réptil. O segundo foi herdado dos mamíferos inferiores, que são os responsáveis pela emoção e pelo instinto.

Nádia atravessa a sala, que tem muitos quadros na parede. Inclusive um Volpi que Antônio sabe ser um dos mais caros. Nádia para diante dele.

— O terceiro cérebro é o neocórtex, que só os homens têm. Bicho não tem. Um tampão pensante que se expandiu nos últimos 500 mil anos com uma velocidade explosiva, sem precedentes na história da evolução. Alguns pessimistas apocalípticos chegam a compará-lo ao de um crescimento tumoroso.

— Que horror — comenta Antônio.

Na murada da varanda, o abismo. Dá vontade de mergulhar nas piscinas, mas seria morte certa.

— E sendo a pressa a inimiga da perfeição, o rápido desenvolvimento do neocórtex não permitiu uma boa formação das ligações neurológicas entre o neocórtex e os outros cérebros mais antigos. O homem não se entende!

Entram por um corredor longo. Antônio percebe que há uma porta aberta. Pelo ruído do chuveiro, deve ser o banheiro do corredor.

— Ligações são atrofiadas, insuficientes, não funcionam bem. O homem não se entende com seu próprio cérebro. Erro da natureza.

Antônio balbucia:

— Inviável.

Vem da porta do banheiro uma agradável fumaça quente. Nádia ordena simplesmente.

— Pode entrar, Antônio.

*

Antônio entra no banheiro esfumaçado sem conseguir ver nada. De repente nota que está diante de Manuela, aquela do estacionamento.

Agora nua na sua frente, à distância de um braço, debaixo de um chuveiro tão aberto que parecia uma cascata.

Manuela, imediatamente com olhos ferozes:

— Até que enfim você apareceu. Ficou de telefonar e não telefonou.

O sangue de Antônio imediatamente invade seus canais cavernosos.

CAPÍTULO 13
Quando treme a Terra

Minutos depois, na mesa de jantar bem-posta, Manuela recontava com detalhes a farra do estacionamento.
— Casamento aberto tem que contar tudo, mesmo que custe o maior banzé.
Nádia fazendo questão de completar o assunto biológico:
— A natureza erra. Veja bem. Por exemplo, o casco das tartarugas. Funciona bem, mas se o bicho cai de barriga pra cima, morre ali mesmo. Como no caso dos alces irlandeses, cujas galhadas são tão altas que ficam presas nas árvores da floresta e eles não conseguem sair.

Nádia traz com orgulho o prato principal. Antônio achou de bom-tom falar um pouco sobre si mesmo. Conta, tentando o humor, fatos básicos da sua situação conjugal. Separado há nove meses de uma mulher com quem fora casado por dezoito anos, Blue. Portanto solteiro aos 61. 62. Evita tons dramáticos e comenta que está delicioso o feijão-tropeiro.

*

Sem explicação, os três ficam sérios subitamente. Nasce uma impaciência que pede o porquê daquele inesperado encontro. No silêncio, Antônio lembra-se do amigo que morreu, Eduardo. Eduardo está rindo como das outras vezes e diz: "A vida é divertida, mas não vale a pena." Antônio afugenta o pensamento. É Nádia, com os direitos de dona da casa, que centraliza a palavra:

— Você deve estar querendo saber se botamos todas as noites um homem na cama ou se é a primeira vez.
A frase cai como uma bomba nuclear num deserto do Iraque.
— É a primeira vez — diz Nádia.
— Casamento gasta. Estamos juntas há um ano e dois meses. Pensamos bem e concluímos que está na hora de uma novidade — diz Manuela com firmeza surpreendente.
Antônio faz a pergunta clássica. A única pergunta que ele pode perguntar:
— Mas por que eu?
As duas iniciam o que pode ser uma longa explicação:
— Antes do primeiro ano não tivemos necessidade de coisa nenhuma.
— Éramos nós duas e nós duas.
— Escolhemos você por várias razões.
— Porque é um homem inteligente, tem status na universidade.
— Porque acabou de se separar da mulher.
— Escolhemos você.
— Eu conheço a Blue, ela não é fácil. Comprei muito vestido na butique dela. Ela tem bom gosto. Só não teve

bom gosto quando escolheu aquele idiota para te largar. Como é mesmo o nome dele? Rodolfo ou Renato?

Um silêncio simpático.

— Porque temos muito tesão em você — continua Nádia.

— Ou tínhamos, até esse momento. Convidar um homem para nossa cama?

— Nos achamos umas vagabundas. Devassas. Afinal, eu sou mineira. Sempre achei que homem é para casar, se eu gostasse de homem.

— Também me senti muito mal, o que meu pai diria? Se não fosse aquele acaso de encontrar no cinema...

— Teríamos desistido.

— Será?

— Será?

— Uma tarde fui levar de automóvel Manuela na universidade. E vimos você saindo, atravessando o jardim. Era uma coisa estranhíssima. Havia outras pessoas ali também andando. Você andava de maleta parecendo saber aonde ia, mas chorava! Dos seus olhos corriam lágrimas incessantes, mas você se comportava como se elas não existissem e como se ninguém estivesse vendo.

— Era interessante aquele homem andando e chorando como se não estivesse. Até hoje é bonito homem que chora, eu acho.

— Escolhemos você. Não pense que temos medo disso nos separar. Vai ser só uma farra, uma experiência. Todo mundo faz. Eu e Manuela nos amamos, nada vai nos separar.

— É uma coisa de nós duas, entende? Para nós duas. Um ato de amor, entende?

Antônio sorri, ri, fica sério, fica sério, sorri, ri, alternadamente. Ouve com compreensível embaraço e instintivo tesão. Ao mesmo tempo. O que faz com que ele sinta um inesperado medo. Essa é a palavra: medo. De início declara que evidentemente respeitaria o amor delas, saberia que está entrando numa coisa que não é dele, na qual se vê como um ajudante. Ou melhor dizendo, um servo, contribuinte. Ou melhor dizendo, um multiplicador de prazeres.

Manuela e Nádia olham sem saber se acreditam naquela sinceridade.

— Um homem da minha idade não precisa mais ser amado. Isso é coisa para jovem, que não sabe o preço. Agora, amar é diferente. É uma necessidade. Um homem é sempre um vaso de amor exercendo pressão nas paredes. Tem muito mais amor para dar do que consegue.

— Acho que ele ainda ama a mulher dele. — Nádia para Manuela.

— Então desistimos?

— Calma porque a intenção é boa.

Antônio aproveita a deixa.

— É isso, desistimos! — Antônio vira as costas e anda em direção à porta.

— Mas você tem medo de quê?

— Tem medo de brochar conosco?

— Adoro homem que brocha.

— Todas as mulheres dizem isso, é mentira. Me desculpe, mas preciso de um dia para pensar. Um dia não, uma hora. Vou dar uma volta e daqui a dez minutos estou aí. Pensem vocês também que é para não se arrependerem.

*

Sem sentir, Antônio já entrou no elevador, apertou o botão e já está lá embaixo, ensandecido. Alcança a rua e anda em qualquer direção. Pensa: "É loucura, Antônio, recusa! Eu tenho mais de 60 anos. Duas é demais para mim. Não sei se dou conta, já não dei por muito menos. Antônio, você pode estar criando uma situação difícil. E subo lá em cima e digo que é melhor não. São duas meninas! Não preciso nem subir, vou para casa que já é tarde. Tarde para quê? Antônio, para de se debater. Você não tem saída. Você sabe que vai aceitar. Por que eu vou aceitar? Porque você é um homem, não é um viado. E um homem não recusa duas gatas desse nível querendo ir para a cama com ele."

Eduardo apareceu, mas não disse nada.

De repente Antônio já está no elevador de novo, dessa vez subindo. Eduardo: "Não adianta discutir consigo mesmo, Antônio. Você vai perder. Odeio as mulheres. São mães possessivas."
Antônio discute com ele, apesar do pequeno espaço:
— Eu não vou comer elas, elas é que vão me devorar. Estão em maioria! Eu amo a Blue. Ou melhor, eu adoro. Não sei o que é amar. Minha mãe e as outras mulheres que me criaram eram tão possessivas que ou eu matava elas todas e cortava em pedacinhos, ou aprendia que o amor é uma adoração. Resolvia o problema! É impossível matar quem você adora.

*

A porta do elevador se abre. Eduardo, memória fugaz, desaparece. Ele entra no apartamento. Encontra Nádia e Manuela, cada uma de um lado da enorme sala. Elas não se olham, ambas pensam. Devem estar no mesmo nível da dúvida. Os três se olham longe uns dos outros.

O tempo não para, mas retarda.

Antônio se aproxima muito lentamente das duas. Hesita na escolha. Beija Nádia, só pela experiência. Tesão absoluto, o mundo incha e inflama num beijo sem pensamentos. O sexo tem esse poder e esse orgulho, não convive com pensamentos. Ele beija Manuela, que já vinha para beijá-lo. Os três ficam se beijando interminavelmente.

Fluidos abundantes.

Depois vão os três para a cama e têm uma noite maravilhosa.

Acabaram os problemas. Eros tomou as rédeas da situação. Montou o louco corcel do amor, cujas patas ferozes pararam de escoicear o chão. Vênus esperava no quarto. Seu filho Eros, Pan e toda a corja dos deuses estavam lá. Quem olhasse desavisadamente, diria que era uma suruba como tantas outras. Um banal "acordo a três". Mas não era. Porque a Terra tremeu.

CAPÍTULO 14
O império do sexo

Impossível narrar. É preciso primeiro discutir a importância do ato sexual na vida humana, independente dos atores. Retornando à aurora dos tempos, quando tudo era mais nítido, as macacas bebiam água na beira do rio, os macacos pulavam em cima delas. Fodiam rapidinho por trás e fugiam, como se tivessem roubado alguma coisa. Era um ato inconsciente de todos os macacos. Um ato que fazia parte do prosseguir da vida.

Quando o assunto é vasto, convém fazer vista grossa sobre a história. Na Grécia, no tempo de ouro, o homem parece reduzir as mulheres à sua função reprodutora, negando-lhes o direito de ler ou escrever. Aqueles senhores poderosos preferiam tirar suas túnicas para serem enrabados por rapazinhos tenros que tocavam a lira. Mas esse detalhe pode ser uma impressão histórica. Afinal, a Guerra de Troia foi para comer Helena. E Juno, mulher do todo-poderoso, dava esporros homéricos no marido e mandava fazer e acontecer, matar ou nomear o semideus que quisesse. O que significa que o poder na verdade continuava com elas, as mulheres, as donas do prazer.

Vista grossa: é sabido que os bacanais na Grécia Antiga eram orgias oficiais. E nunca importou o número de participantes, e sim a significação do evento. Os bacanais dionisíacos onde a vida, ela mesma, era comemorada.

Foi depois de muito tempo, consta que como decorrência da descoberta da agricultura, foi escolhido o número 2 como único possível para uma boa cristã relação amorosa. Parece uma convenção. Por que não 3 ou 4?

Os homens sempre prezaram o seu instinto de sobrevivência, que torna obrigatório continuar, cada vez maior, o bando desvairado que chamamos humanidade. Diga-se, toda espécie tem essa mania. E qual o sentido disso? Nenhum. Não há resposta. O sentido do sexo não é assunto discutível.

Sexo é filosofia. É arte, é música, é trovão, é tempestade, é harmonia ou caos. Vista grossa: tudo é sexo. Não vejo absurdo em crer que o sexo é um tipo de entidade que faz parte da essência da criação, representada no corpo. Ou uma religião cujo Deus é uma força tão primeva que provavelmente é responsável pela coesão da própria matéria. Que outra força pode comparar-se? Que estudem os cientistas! Acabaremos chegando lá!

Este era o tipo de pensamento que andou relampeando nas cabeças de Manuela, Nádia e Antônio nos quatro dias que eles ficaram dentro do quarto de Nádia, que era espelhado nos seus 360 graus, com teto azul, tanto que Nádia reverenciava sua cama. Quatro dias.

O sexo, este imperador, comprovando sua arrogância, não permite a convivência com reles pensamentos. E se compraz com isso. O sexo sabe que pensar é cansativo, sendo ele a única chance da mente humana parar de pensar! Já disse isso? Posto que as outras possibilidades (sono, sofrimento extremo, morte) têm evidentes desvantagens.

Este texto, que talvez esteja sendo escrito por Antônio, talvez pelo autor de Antônio, demanda explicação. A consciência torna-se filosófica quando pensa em sexo. A filosofia tem os seus tesões. Sei que geralmente o assunto é tratado de modo prosaico, mas eu ofereço a ajuda do meu humano desejo ainda que filosófico. O mundo entumece, fluidos divinais nascem nas paredes como fontes. Então bebo tudo e filosofo.
Vista grossa.
O olfato erótico me conduz à Idade Média por cima dos tempos. Na Idade Média há dois tipos de interação sexual. Que persistem, absolutamente presentes, neste mundo de internet.
Um é o sexo platônico, como o de Dom Quixote e Dulcineia del Toboso, por exemplo. O sexo absolutamente desligado do que ele tem de físico e transformado em espiritualidade. Ou mesmo santidade. Sob a guarda de variadas inquisições. O amor platônico é uma perversão, como formulou Freud. Um tipo de dimensão sexual tarada que exclui o corpo. Os santos possuem a Virgem Maria nos conventos, freiras trepam e entram em orgasmo com o próprio Espírito Santo. Negociando o sexo por virtude ou pecado. De Dom Quixote a Werther, o amor exercita seu poder enquanto adoração.

O segundo tipo de sexo medieval é o amor alegre, erótico, sobre o monte de feno, tendo de levantar mil e uma saias. É o sexo lúdico das camponesas com seus amantes, sejam estes camponeses, senhores de castelos ou guarda-caças. Sexo, hoje invejável, tem lugar na natureza com os homens correndo atrás das mulheres entre as árvores, rindo muito até alcançá-las, depois rolando jardim abaixo num prazer sensual, infantil, sem compromisso.

Por essas épocas e climas passaram, temos certeza, Nádia, Manuela e Antônio.
Durante a epopeia que, depois disso, foi nomeada *Os quatro dias do quarto*.

Observação: Um quarto de amores precisa ter contíguo pelo menos mais dois cômodos: uma cozinha, posto que amar dá fome. E um banheiro, posto que amar pede o banho da purificação, exigindo a renovação do pecado. Além, de preferência, de um bom armário escondido, pintado de rosa ou azul, com uma variedade farta de drogas e artefatos afrodisíacos.

Esses dois tipos de amores, e certamente mais outros tipos, transbordaram do passado para os tempos de hoje. Hoje ainda há alguns felizardos que amam alegremente. E outros, também felizardos embora sofredores, que misturam o amor e a adoração.

Vejamos o caso de Antônio, neste momento abraçado com Manuela e Nádia. Antônio foi criado por mães, avós, babás, professoras. Todas fêmeas possessivas. Com intenção clara de transformar aquele seu filhote, se possível castrado, num homem internamente preso, sem iniciativa independente. Já que mães não podem comer filhos, filhos não poderão comer ninguém. Essa é a filosofia das mães.

Antônio sabe que numa mulher não se bate nem com uma flor. Nádia telefonou para o florista da Cobal e mandou vir três dúzias de rosas brancas sem espinhos. Espancaram-se com as flores, rindo muito. Nesse dia, o chão ficou branco de pétalas. Ah, sim, permitiram uma faxineira, desde que fosse bonita e que trabalhasse de preferência vendada. Eles também brincaram de cabra-cega. E cantaram temas infantis porque nada era mais erótico.

Esteja dito que a música teve grande importância no acontecimento, sempre tem. Embora o silêncio seja o melhor para que o sexo ouça os gemidos e as respirações, a música clássica tem o seu lugar garantido na exaltação e no êxtase sexual. Wagner, Chopin ou Maria Bethânia, os CDs espalhados pelo chão.

Nádia seguia com atenção o desenvolvimento tecnológico dos massageadores, por exemplo. Tinha uma coleção de invejar calígulas.

Porém, este tipo de recurso foi pouco usado nos *Quatro dias do quarto*. Numa tendência estranha — quem pode prever os caminhos do sexo? — foi praticamente abolido, a partir do segundo dia, qualquer tipo de masturbação. A partir do segundo dia a regra estabeleceu-se do seguinte modo (e assim foi até o raiar do quarto dia): o prazer teria que vir do outro. Era mais nobre, visto que sempre sobrava um que observava os outros dois. Seria uma grosseria utilizar momentos assim para prazeres solitários.

Entendido está que, quando o observador decidia aplicar-se oportuna e criativamente no prazer maior do casal da vez, os três tiveram momentos especialíssimos.

Nádia amava Manuela que amava Nádia que amava Antônio que amava Manuela que amava Nádia e Antônio que amava Antônio e Manuela até o mistério completar-se e os três amarem os três.

Era muita coisa ali. Seis braços, seis pernas, sessenta dedos imaginosos, isso para não falar nos seis olhos, três bocas, e nos personagens principais, membros ou órgãos que têm muitos nomes. Boca na coisa, coisa na boca, boca na boca, mão na coisa, mão na mão, coisa na coisa... A análise combinatória, parte da álgebra que calcula as possibilidades dos agrupamentos dos conjuntos numéricos, certamente não daria conta das variações que apareceram ali. Pés, pernas, barrigas, pescoços, pulsos, seios, bundas, nucas, cabelos, orifícios ou protuberâncias — é muita coisa. Não era preciso tanto. Nada explica esse fenômeno. Somente um deus desvairado poderia almejar aquela cumplicidade complexa, somente um deus obcecado por sexo.

Porém, acalmemos. Diz a Bíblia, não sei citar o verso nem o fascículo, que o corpo da amada é o jardim das delícias, sendo o amante um jardineiro caprichoso que tem por obrigação e prazer cuidar com minúcia de cada recanto.

O corpo é a alma e a alma é o corpo. Quem ainda não aprendeu isso não saiu do colégio primário. Cada configuração física que o corpo toma remete o homem a regiões ancestrais nas quais somente sobrevivem os mitos.

O mamilo na boca, por exemplo, lembra que estamos vivos e que nos alimentamos uns dos outros. A boca na boceta é de uma intimidade apavorante. É ver dentro da gruta escura, respirar onde falta o ar. Controlar o prazer de outro ao delírio como os deuses controlam suas criaturas desobedientes. Pau na boca já é diferente. A boca sabe onde está o tesouro que deve extrair, aquele que faz continuar a jornada da existência humana. Está escondido numa bolsa secreta que é preciso roubar, trazer a sua essência para o ar livre. No beijo de língua compreende-se que o citado órgão merece todos os elogios. Não tem forma, podendo portanto adaptar-se a qualquer espaço ou rigidez. Se o amor pode tornar duas pessoas numa só, essa mágica se deve particularmente à língua e ao perfeito encaixe das genitálias. Numa reportagem da *The Economist* que li outro dia, estava escrito que o mercado de prostituição norte-americano sofre uma crise inédita, como no *crack* da Bolsa de 29: os preços despencaram. Uma vez dadas garantias e seguranças para as putas, grande número de mulheres, antes desinteressadas, decidiram entrar no mercado. Daí o preço cai. Evidentemente, disse a *The Economist*, o preço pode aumentar, levando-se em consideração a forma do corpo da mulher, os seios grandes e redondos têm mais valor, e principalmente os serviços oferecidos. Estava lá registrado, para surpresa minha, que o beijo na boca, por exemplo, está valendo, nos Estados Unidos, bem mais do que sexo anal.

Volto agora à questão primeira deste caótico capítulo. Que importância tem o ato sexual? O primeiro ato, segundo ato, terceiro ato, tragédia, comédia ou balé? Sabemos que as jovenzitas de 13 a 14 anos orgulham-se hoje de terem beijado cinco numa festa, ou de terem até entregado seus tesouros mais preciosos para três jovenzitos numa única noite. Sabemos que o grande sexo parece esquecido, é praticado com indiferença hoje em dia, com indiferença maior do que nos tempos de antanho. O que faz parecer para a galera perita em iPhone que amar não tem mais tanta importância. Então somos obrigados a lembrar que tudo somente tem a importância que damos. O poder, o dinheiro, o prestígio e outros ídolos têm algo de doentio, uma presença de grades. Já o sexo não, tende a ser saudável. Podemos entregar ao sexo nossa alma por um tempo, certos de que não será tempo perdido. Lá existe espaço para a alma correr e brincar.

Ficaram quatro dias sem sair da cama: Antônio, Nádia e Manuela. Telefonaram para os empregos, deram desculpas e desmarcaram seus compromissos. Um exagero. Um descalabro.
 Uma delícia. Foram tragados pelo prazer, devorados pela vida até a exaustão. Depois tomaram o último banho

e se olharam nos olhos. Cogitaram terem sido objetos de abdução por extraterrestres. Queriam voltar para o mundo no fim dos quatro dias. "Mas será, gente, fora de brincadeira, que o mundo ainda existe?"

O leitor fiel deve estar querendo saber, para continuar a leitura do romance, em que estado de espírito saíram os três protagonistas dos quatro dias no quarto.

Saíram exaustos. Com vontade de ir à praia e apanhar sol. Vontade de telefonar para os amigos dizendo que chegaram de viagem. Certamente em paz com a vida. Por algum tempo, o sexo tem esses efeitos.

CAPÍTULO 15
Interrupção brutal

Antônio estava muito feliz com suas namoradas. Pensava nisso enquanto caminhava a passos largos para a sacristia da capelinha da universidade. Que de capelinha não tinha nada. Era uma igreja do melhor desenho moderno, com capacidade confortável para cem pessoas: sacristia, jardim, santos barrocos, confessionário, tudo.

Bem ao estilo do padre Curvino, seu reitor, que terá nesse romance uma atuação preponderante.

Antônio tav eeeeeeeehhu68** contente &560¨$#7899i MNNEERT$54899JI KJ89UJ COMgt5dj revolui ario quajkah759344jnkk

Meu Deus, o que está acontecendo com esse computador? Eu escrevo uma coisa e sai outra.

fimkjhw76O((5690 %%&¨76jhmfomte.

Tinha conseguido voltar para seu cccurkht7640mn tmonduhop r7jmrl9**9ejkkl comdsnuys56998j recuperar sua virilidade perdida.

O arquivo está se desmanchando. Não tenho culpa. Já parei de bater há muito tempo e ele está escrevendo sozinho.

E e&&4@@) \nsjy&))7 deixa Bgfdrqq hBBi98834, no mínimo, dez anos mais %2@#)0J jovem.

Isso vírus puro!! Vou desligar e ligar!! Não!!!!! Não toco nele até o técnico chegar!!...... Melhor telefonar para o técnico. Socorro!!!!!!!

------------------------------@@@@@@@@@xxxxxxxx???

QUANDO UM COMPUTADOR desaparece com coisas que você não vai conseguir escrever de novo, você tem certeza de que aquela engenhoca arrogante foi inventada apenas para te sacanear. Ele some com tudo o que você escreveu. Eram setenta páginas. Em prosa. Setenta.

Desesperado, você chama técnicos que em princípio dizem que vão recuperar tudo. Mas que para isso têm que levar embora teu computador para a casa deles, que ali no local não dá. É nessa etapa que você conscientiza a natureza sexual da sua relação com o computador. O que aquele frígido filho da puta quer é passar uma noite com a sua mulher desmontada em cima de uma bancada. Isso no mínimo, ele diz. Porque pode ser um final de semana inteiro. Ele é promíscuo e tem outros computadores desmontados na bancada.

Se o material — veja bem a palavra: "material" — não conseguir ser recuperado, ele terá que chamar os amigos dele para se "debruçarem" sobre o teu caso. Talvez levando para o CTI, essa é a palavra usada pelos putos, quero dizer, pelos *computermen*.

Você não acredita. Acha que a sua mulher, quer dizer, o material perdido, vai aparecer numa curva do caminho, numa tecla fortuita. Esquecendo que você já bateu em todas as teclas várias vezes antes do técnico chegar.

Respiro fundo e me acalmo. Não fui eu que perdi o material, foi ele. Não sou um computador. Não fui eu que me perdi. E deixo levar a máquina.

Não suportando a solidão da minha casa com a mesa do computador vazia, em vez de botar o revólver na boca, fui ao cinema com amigos. Tinha planejado que somente iria telefonar para o técnico na manhã seguinte e perguntar, sem nervosismo: "E aí, já consertou? Perdi alguma coisa?"

O celular estremeceu no meu bolso. Eu tinha posto no mudo porque estava dentro de um cinema! Era sem dúvida a voz do técnico. Fiz a pergunta planejada e ele respondeu numa masoquista alegria de escravo que constata o poder magno do Senhor: "Morreu! Xfhyhen!f ftunl7Seu computador morreu! O senhor perdeu tudo! Estou aqui com quatrocp.cmnrjhoriod gtnyoiçagos ban companheiros debruçados em cima da bancada. Eles também já fizeram tudo. Mor~f.,/d]dS]reu! Meus pêsames! Quero dizer, o senhor me desculpe."

*

Deixei os cinco falando sozinhos, minha garganta secou.

Setenta páginas irreproduzíveis, escritas na obsessão de quem não domina uma linguagem. Estava tudo perdido. Não era possível escrever de novo. Meus personagens todos cairiam para sempre no abismo do *oblivium*? Nunca chegariam realmente a existir? Não tem importância, não existiam mesmo. Morreram!

Fingi que estava tudo bem. Segui a noite com os amigos, tomei três Red Labels com gelo e água mineral com gás.

No dia seguinte não tinha como trabalhar.

Eu estava sem computador.

Fui à praia, olhei o mar, relembrei que o mar ocupa dois terços da Terra e decidi decididamente seguir a vida. Escrever outra coisa! Não era bom mesmo aquilo que estava perdido.

E era obrigação minha admitir a culpa do ocorrido. Eu podia ter feito um becape, podia ter tirado uma cópia em papel do material, podia ter mandado por e-mail para alguém, mas não tinha feito nada disso. *Mea culpa, mea.*

Tinha perdido apenas três meses de trabalho. Como escrevo todos os dias, são apenas três meses de todos os dias.

Todo escritor diz que não é ele quem escreve, são os personagens. Que os personagens têm vida própria, que quando as histórias são boas são escritas por eles. Atesto que é verdade. Antônio, Nádia e Manuela, Seu Cavalcanti, Blue, Esteban e outros que ainda não tinham rosto nem nome falaram. Eu não sabia que cabiam tantos pigmeus no meu estômago: "Não pode parar! Quer parar, mas não pode! E nós como ficamos? O que vai acontecer se não vivermos?" A balbúrdia crescia incessantemente.

UM MÊS DEPOIS, VENCIDO E EXAUSTO, RECOMECEI A ESCREVER O MESMO ROMANCE.

CAPÍTULO 16
Top 500

Antônio estava muito feliz com suas namoradas. Pensava nisso enquanto caminhava a passos largos para a sacristia da capelinha da universidade. Que de capelinha não tinha nada. Era uma igreja do melhor desenho moderno, com capacidade confortável para cem pessoas: sacristia, jardim, santos barrocos, confessionário, tudo.

Bem ao estilo do padre Curvino, seu reitor.

Antônio estava contente como qualquer revolucionário fica contente. Tinha conseguido voltar para seu cotidiano anterior, tinha conseguido recuperar sua virilidade perdida. E esse reencontro deixa qualquer homem eufórico e no mínimo dez anos mais jovem.

Quando pensava em Nádia sorria para si mesmo, quando pensava em Manuela sorria igual, quando olhava para o mundo sentia um prazer secreto de mágico cujo truque funciona lindamente sem que ninguém tenha a menor ideia de como é aquilo. Voltava para o loft de Nádia como para um lar todos os dias depois do trabalho. Tinha posto a mão espalmada no chão como fazem os capoeiristas e desfechado uma rasteira fulminante nas convenções.

Não era tão difícil assim. Os preconceitos e os modelos que a sociedade nos impõe parecem férreos, porém muitas vezes, na maior parte das vezes, talvez todas as vezes, de ferro não têm nada. Um dos maiores prazeres da vida é descobrir que muitos tabus que nos fazem sofrer e nos limitam são feitos de vidro fino. Para, ato contínuo, desmontá-los com um peteleco. Antônio estava contente. Tinha até perdoado Blue de tudo que ela o fizera sofrer. Tanto que dispensava a propaganda de sua vida sexual. E portava-se de modo muito discreto quanto à aventura. Disfarçava. Entrava e saía do apartamento de Nádia em horas convenientes. Organizava para que não saíssem os três juntos, embora para o cinema pudesse. Chegou a inventar que seu apartamento estava em obras e que sua ex-aluna Nádia lhe oferecera alojamento durante uns dias. Aproveitou até para unir o útil ao agradável e fazer obras de verdade. Derrubando a parede de um quarto. Tinha agora espaçosíssimo escritório, coisa que há muito tinha vontade de ter.

Curvino era para Antônio um patrão protetor. Antônio era o professor predileto de Curvino em toda a universidade. Achava Antônio inteligente, quase gênio, e não tomava nenhuma resolução séria sem consultá-lo.

Curvino usava ternos impecáveis, quase sempre preto fosco. Camisa preta e o colarinho clássico de padre, modelo de elegância. A Igreja católica sempre soube fazer seus figurinos, papa nu não existe.

Era o que se podia chamar de um padre moderno, executivo, um verdadeiro galã/padre. As estudantes tinham sonhos eróticos com seu próprio reitor. Curvino era alto, bonito, modelo John Cassavetes, perdoem eu não ter conseguido comparação mais moderna. E mais que isso, ele carregava um mistério! Há homens assim, que carregam um mistério. Embora ele não saiba qual é, os de fora percebem, também sem saber.

Antônio também se defendia, e por isso a dupla Antônio/Curvino andava sempre junta, desenvolvendo frequentes encantos entre as moças. Lógico que sem intimidades físicas. Neste ponto, Curvino era inflexível. É proibidíssimo. Professor e aluna não pode. Até nos Estados Unidos é proibidíssimo. Eu já disse isso? Certamente esse também era o motivo que explicava a amizade do reitor com o professor.

Curvino, além de jesuíta, tem ph.D. em análise estatística, é psicólogo e toca piano com influências do livre jazz. Sempre que pode ele fala nisso.

Os jesuítas sempre quiseram educar o Brasil. Sempre foram os intelectuais da colonização. Catequizaram índios, trouxeram o teatro, e todo mundo sabia que não convinha folgar com a turma do Santo Inácio. Se um deles parasse em outro colégio, o primeiro lugar da turma já podia saber que tinha passado para o segundo.

Curvino morava e se alimentava nas acomodações anexas da igreja. E fazia da sacristia seu escritório modernamente decorado e equipado.

Licor no fim da tarde com Antônio na sacristia. Quando Antônio não aparecia, Curvino sentia falta, mandava chamar.

Abriu uma gaveta larga, tirou mapas e planilhas. Nunca usava projeções, preferia mapas.

— Aqui estão marcadas as universidades mais importantes do mundo segundo o Shanghai Jiao Tong University's Institute of Higher Education. Sou amigo do pessoal de lá — diz Curvino com seu quase imperceptível sotaque europeu. — Veja, Antônio! As cem melhores universidades do planeta! Top 100. Classificadas de acordo com a avaliação de suas publicações científicas e eventuais prêmios internacionais.

"E aqui está a lista das quinze melhores universidades brasileiras! Segundo a World University Rankings. Entenda bem, meu caro antropólogo..."

Curvino falava com uma voz muito bem colocada, gostava de manter uma certa formalidade:

— Harvard, nota cem. Topo! Depois vem aquela beleza toda: Berkeley, Massachusetts, MIT. Baixemos os olhos, companheiro, nos aproximemos da origem. Vejamos aqui: Universidade de Lisboa. Ano passado conseguiu pular de intervalo! Alcançou o grupo 201-300. Feito notável. Português não é burro, é atento. O Brasil, veja só, aparece no ranking pela primeira vez com a Universidade de São Paulo, porque São Paulo é São Paulo. Campinas! Aparece em centésimo quinquagésimo nono lugar. UFRJ: ducentésimo nonagésimo nono. UFF, setingentésimo sexagésimo sexto no ranking mundial.

— E nós, estamos na lista? — balbuciou Antônio.

Curvino ficou muito sério um instante.

— Ainda não é a hora. Pedi pra tirar. Tem gente minha no Vaticano ligada ao círculo classificatório. Tiraram.

Começou a fechar janelas e portas da sacristia, como para dizer um grande segredo.

— Antônio, consegui penetrar o orçamento e arranjei uma verba extra no círculo do Vaticano!!! Uma grana preta para nós, que estava reservada para a South America. Me adoram lá no círculo, já disse isso? Tenho amigos. Foi muito agradável nas férias do ano passado. Porque é humilhante, Antônio! Não larguei minha paróquia de Madurodam, que todo mundo queria porque é a menor cidade da Holanda, para ocupar uma posição tão subalterna no Rio de Janeiro. O Rio é lindo, não há dúvida, montanhas mergulhando no mar.

Curvino franziu o cenho.

— O que essa gente faz para subir tanto nos rankings? Os alunos escrevem teses, claro! Se nossos alunos estudassem muito, também poderiam escrever teses. E eles podem estudar muito se nós os obrigarmos.

Foi no espelho e tentou endireitar a gola branca. Sem resultado porque já estava impecável.

— Menos de Top 500, existencialmente não suporto. É minha meta no próximo triênio. Top 500. Só penso nisso. Menos de 500 não dá.

— Essas coisas não se fazem da noite para o dia.

— Sim, claro. Porque de noite os nossos alunos fazem o quê? Vão para a balada. De dia fazem o quê? Vão para a praia. Isso precisa mudar.

— Como?

— Com as novas verbas, devemos atormentar os alunos. Neurotizá-los. Criar competições internas entre eles para que estudem. Diminuir sua libido, convencê-los que abaixo do Top 100 a vida não é nada.

— Mas por que tanta ambição, Curvino?

— Ambição, meu caro, é o óleo diesel do poder.

Os olhos de Curvino ficam ligeiramente vesgos quando ele se exalta.

— Preciso de você, Antônio. Nós nos entendemos. Com você eu vou à lua.

E sentando diante do xadrez.

— Vamos jogar sem rainhas? O jogo fica mais complexo.

Curvino jogava bem o xadrez. Eu também. Eu tinha estudado tudo sobre as saídas clássicas. Mas ele era especializado nos finais clássicos.

Curvino recolhendo as rainhas.

— Meu prazer no xadrez sempre foi manter as forças equilibradas até que eu possa reconhecer por qual final devo enveredar. Antônio, preciso de você para ser meu *braço direito* nas horas vagas. Estou disposto a contratar as tuas horas vagas. Quero que você seja meu espião, meu caro Antônio. Quero dizer, "observador geral transdisciplinar" da reitoria, uma coisa assim. É simples. Você veria como se comportam os outros professores, daria seu parecer sobre quantos deles são irremediavelmente burros, quais deles são de vocação top. Das demissões cuido eu.

— Não sei, Curvino, se tenho a vocação para espião. Definitivamente não tenho. Éramos três filhos. Quando um acusava o outro, papai batia nos três.

Curvino ficou nervoso. Respondia imediatamente qualquer movimento das peças de Antônio. A impressão era de que ele queria muito que Antônio aceitasse sua proposta.

— Não seja ingênuo, meu caro. Introduza, por exemplo, a ideia de um conselho de autofiscalização. Um vigiando o outro, com você na presidência. Muito bem pago, estou reservando parte da verba para isso. Claro que aceita, o cargo é sigiloso.

— Reitor, fico muito comovido. E agradeço sua confiança. Mas preciso pensar um pouco. Em princípio, é não.

Os olhos de Curvino brilharam. Ele ia lançar mão de outro argumento persuasivo.

Curvino, na sua terra, era conhecido como o padre holandês voador, *The Flying Dutchman*. Para quem não conhece a lenda náutica, o *Flying Dutchman* é um lendário navio fantasma que não pode nunca ter porto porque está condenado a um eterno navegar. Curvino sempre queria avidamente chegar a algum lugar.

*

Curvino falou:

— Antônio, você conhece uma menina magrinha morena que estudava aqui e tem um carrão azul fosforescente importado?

— Blindado. Chama-se Nádia.

— Muito bem. Você conhece uma outra? Essa bem bonitinha, com formas definidas.

— Manuela.

— Eu não conheço nenhuma das duas. Prefiro não conhecer, entende?

Antônio sentindo a manobra.

— São duas moças muito inteligentes. Cultura acima do normal da turma.

— E você fez sexo com as duas? Juntas na mesma cama? Não empalideça de falarmos nisso. É o assunto que mais se comenta no campus.

— Pensei que estivéssemos sendo discretos.

— Talvez, meu caro dileto competente Antônio, eu tenha de pedir que você ponha fim neste acordo a três. Não digo que vá pedir, entenda bem. Não quero dar ordens na sua vida pessoal. Mas particularmente você aceitando o emprego de observador multidisciplinar...

Antônio sentiu-se como que interrogado na sala com as janelas gradeadas por um coronel da SS nazista. Não respondeu. Porém sua inteligência irritada irritou-se.

Curvino notou, visto que agora acompanhava Antônio até o portão de ferro, sorrindo e falando com a boca quase grudada no ouvido dele.

— Esse era apenas um dos assuntos que tínhamos para hoje. Precisamos também cuidar das nossas campanhas neomoralizadoras. Na semana passada a reunião do nosso *mutirão contra pedofilia* estava quase sonolenta. Em compensação, a corrente contrária ao adultério está bem animada.

Antônio consegue fugir dele.

CAPÍTULO 17
Desentendimento geral

Nádia está na varanda alimentando os passarinhos. Embora não seja do seu feitio, ela tem passarinhos. Nem me olhou. Estranhei e dei-lhe uma sonora palmada na bunda. Não entendi o que aconteceu, mas em seguida o mundo estalou. Nádia tinha me respondido com uma vigorosa bofetada na cara. Não é à toa o prestígio das bofetadas na cara ao longo dos séculos.

— Que que há? Que que houve?

Nádia respondeu com um sorriso travesso como se tivesse 12 anos.

— Houve nada. Me deu vontade. Olha, assustei os passarinhos. Mas não faz mal. Manuela ainda não chegou da aula de desenho. Não vai me dar um beijo não, meu macho?

Evidentemente ela estava me escondendo alguma coisa.

Na hora do chá, os três na mesa, biscoitinhos de araruta recém-chegados de Minas, tudo se esclareceu. Nádia falava suavemente.

— Não pense que não reparei, Manuela. Que você ficou contente. Ontem quando eu dormi e deixei vocês dois sozinhos na cama. Eu estava fingindo. Foi difícil continuar a fingir, vocês fazem barulho, mesmo quando pretendem não fazer, viu, meu amor? E na quinta de noite, quando me deu aquele sono cedo, ainda durante o *Em Pauta*, confessem. Vocês botaram remedinho para dormir no meu vinho, não botaram? Olhem, quando quiserem ficar sozinhos, basta falar comigo que eu vou dormir em outro quarto.

— Não admito que você suspeite de mim a esse ponto! — Manuela não perdia nunca a cabeça. — Não sou nenhuma vagabunda! Sei que desde a semana passada estão tacitamente proibidas relações a dois sem o outro tomando parte. Que é isso, Nádia, ciúme? O que você está pensando que eu sou?

— Adúltera — disse Antônio.

— Vamos conversar no quarto, vagabunda — disse Nádia, levantando-a da mesa. — Precisamos ter essa conversa.

Antônio levantou-se para ir também. Nádia, enérgica:

— O senhor, não! O senhor fica. Não se intrometa onde não foi chamado.

Entrou pelo corredor em direção ao quarto a passos firmes. Manuela foi atrás, ajustando a minissaia na cintura.

— Não fique assustado, querido, você pouco conhece a Nádia. Não tem nada a ver com nada este ataque possessivo. É normal. Nádia não vive sem um barraco pelo menos de dois em dois meses. Eu resolvo isso.

Antônio ouviu bater a porta do quarto.

*

Não digo que tenha sido quinze minutos depois, porém no máximo quinze dias depois estávamos os três, na mesma hora do lanche, trancados dentro do quarto de Nádia em meio ao tremendo barraco previsto.

O quarto de Nádia, leitor, era difícil de acreditar. Espelhado do chão ao teto, um paroxismo que nenhum motel em ilha dos mares do sul sonharia. Alguns espelhos eram de verdade, outros eram portas de armário, uma dava para o banheiro, outra para o corredor. Porém, depois de dois minutos lá dentro, davam para lugar nenhum. Paredes espelhadas. Espelhos paralelos. Uma infinidade de imagens em todas as direções. Uma extravagância da qual Nádia se orgulhava.

— Não somos diferentes uns dos outros? Não somos vários? Infinitos? Então, enfrentemos essa realidade — disse ela no dia em que os vidraceiros acabaram a colocação. — Não como dinheiro, preciso gastá-lo!

Dito isto, como se o ritual estivesse escrito, tirou a roupa toda, enchendo o quarto com mil Nádias nuas.

— Interessante, não? Para o que é, até que os vidraceiros cobraram pouco.

Pausa.

Nádia baixou os olhos, depois levantou os olhos e abriu ligeiramente as pernas.

— Vocês vão continuar vestidos? — diminuindo a luz do dimmer, tornando azul o quarto. E Nádia partiu para cima de Antônio e Manuela como se fosse um tigre dos

Alpes. Digamos que a coisa se precipitou. Nádia comeu os dois numa das trepadas mais notórias do trio.

Claro que no início esse negócio dos espelhos confundiu um pouco. É muito interessante entrar na realidade e sair dela atravessando uma simples porta, mas sempre foi difícil, por exemplo, adormecer naquele quarto. Conviver com infinitas imagens todo tempo era muito mais do que qualquer um dos três conseguira antes em suas neuroses particulares.

— É a lei deste quarto. Entrou aqui, tirou a roupa. Vocês vão continuar vestidos?

É tênue a linha que separa a confiança do ciúme.
Um beijo excessivamente prolongado. Um orgasmo numa e não na outra. Um olhar mais profundo através de braços e pernas e uma comparação infeliz entre cabelos ou seios. E principalmente os sorrisos.

Evidente é uma paixão quando nasce. Com palavras reconheço que é difícil de descrever, porém no cinema, por exemplo, no momento em que Fred Astaire dançando no escuro acertou o primeiro passo com Cyd Charisse, tínhamos certeza de que era um amor para sempre.

Trepada vai trepada vem, um dia Manuela descobriu que não queria mais aquilo. Estava apaixonada por Antônio. Que fazer? O idílio a três tinha levado uma flechada certeira. Aquela música que tocava naquele dia para Nádia e Antônio e que Manuela botou para tocar outra vez para Antônio e ela. E uma injusta alternância de quem fica por baixo e por cima. E os momentos de impotência, afinal ninguém é de ferro e Antônio já tinha batido os sessenta, sempre superados por uma divertida risada das duas mulheres. Mas dessa vez qual ria mais?

E pode não ter sido nada disso. O amor sem conflitos é uma substância volátil, não existe em ambiente aberto. Quando um amor não tem problemas, sabe como inventá-los. O fato é que, dois dias depois da visita à sala de Curvino, Antônio e Manuela pregaram uma pequena mentira. Foram juntos ao cinema, sessão das 15h40 às 17h20. Nádia descobriu tudo na hora! Abriu a champagne de safra mais antiga que tinha na sua adega particular. Aquela que há muito tinha sido prometida para um brinde entre ela e Manuela. E tomou sozinha.

A última taça estava a um gole do fim quando a porta se abriu e entraram Antônio e Manuela ainda comentando o filme, que era ruim como todos os filmes que estão passando. Nádia olhou os dois com olhar transpassante e gritou como um rei numa peça de Shakespeare.

— Tirem a roupa os dois já! Toda! E vamos para o quarto!

Nus na cama os infiéis, Manuela e Antônio, não tiveram tempo de acalmá-la.

— Perfeitos demais esses espelhos. Vai ficar mais bonito assim — diz Nádia.

A taça em direção ao espelho, quatro mil taças quebrando o espelho, espalhando a champagne no ar.

Justiça seja feita, Nádia tinha sua vocação de artista plástica. O quarto ficou melhor assim com um espelho quebrado.

Nádia pegou Manuela pelo braço e colocou-a diante de Antônio. Manuela sorrindo não oferecia a menor resistência.

— Diz para ele. E bebe cachaça enquanto você diz, que é de Minas, lá da minha terra. Quero que ele ouça você dizendo o que você me disse. E fala alto. E depois repete com mais raiva.

E assim Antônio foi ouvindo na voz de Manuela, ventrilocada por Nádia, todos os seus defeitos reais, imaginários, presentes ou futuros.

Ouviu que era feio, incapaz, barrigudo, velho, caído, mais que tudo brocha, mentiroso, flácido, impotente na cama e na vida. Fraco de caráter, burro, inconsequente, irresponsável, sem imaginação, frio e egoísta, e outras coisas do mesmo quilate, enfim, tudo aquilo que os amantes se dizem todas as vezes que terminam seus romances.

Antônio, tropeçando nas próprias calças, catou os objetos pessoais que havia deixado pela casa. Foi levando tudo aquilo que entrou no hall do elevador, deixando cair o que não cabia nas mãos. Ainda pensou em responder aos gritos como os de Nádia, "que não tinha se separado de Blue para passar por aquela baixaria, que não precisava se separar de Blue, que para dizer a verdade amava Blue até hoje". Teria conseguido responder se o elevador não tivesse chegado, aberto a porta e ele entrado sem pensar. Preferindo que não aparecesse nenhum vizinho e visse aquela cena patética/esdrúxula: duas mulheres nuas, bêbadas, ambas aos prantos, batendo portas e caras.

Porém a vida gosta de sincronicidade, é seu adereço provocador. De modo que o celular de Antônio tocou no momento em que ele chegava em casa, ainda no corredor. Solidão. Este é o nome da batida de porta que você ouve quando bate a porta da sua casa depois de perder um amor. Ele voou em direção ao telefone no momento antes de parar de tocar. Mas não eram as meninas, Nádia nem Manuela. Era Curvino, porra.

— Agora não posso te atender, companheiro, estou ocupado.

— Está bem, telefono daqui a dez minutos. Sabe o que é, caro Antônio, preciso saber imediatamente sua resposta sobre as duas questões. Porque, adiantando o assunto, esse cargo de observador que eu te ofereci é uma oportunidade de pai para filho, Antônio. Você sabe disso. É a tua situação financeira. Então você aceita o cargo e larga as meninas e pronto. Não é assunto pra pensar duas vezes.

Antônio não quis dizer exatamente aquilo. Porém as palavras saíram da boca.

— Vá à merda, Curvino. Desculpe a expressão. Não me pressione! Curvino, não largo essas meninas por coisa nenhuma. Quanto ao cargo de dedo-duro, também não aceito de jeito nenhum. Curvino, não me obrigue a desligar o telefone. Estou ocupado.

Ato reflexo, bate o telefone, desliga na cara do reitor. Arrepende-se, mas está feito. Dá de ombros. Fodido, fodido e meio.

Essa meia dignidade que Antônio sempre teve, fingindo tanto quanto possível que era inteira, pode atrapalhar muito um homem. Valores como dignidade, honra, autoestima são como os saltos de um trapezista. Antes, é permitido todo tipo de pensamento e cálculo. Porém, uma vez no ar, tudo tem que ser levado às últimas consequências. Se houver alguma hesitação, o trapezista cai.

Naqueles tempos em que ele ia ao cinema com o pai tinha muito filme de trapezista.

CAPÍTULO 18
Encontro impossível

Nove meses. Contando depois dos *quatro dias dos três no quarto*. Esse foi aproximadamente o tempo feliz que Antônio teve com as meninas. Sei que é bastante tempo. Um período de gestação.

Da última vez que vimos nosso famigerado Antônio, ele tinha batido o telefone depois de ter mandado Curvino para um lugar que é corriqueiro demais, mas pode ser fortemente agressivo para um jesuíta holandês.

Antônio resolve não sair mais de casa. Se saísse, não ia querer voltar mais lá. Depois da algazarra geral, o silêncio.

Do tamanho da alegria é a tristeza, como se a alma fosse newtoniana e obedecesse à Lei da Ação e Reação. Antônio ficou muito triste de perder suas meninas. Queria voltar, mas não via como. E nem desconfiava dos acontecimentos extraordinários que teriam lugar, dentro de alguns instantes, na cobertura do Leblon.

Por outro lado, na sacristia, um mobilizadíssimo Curvino sem Antônio, sem xadrez, sem licor, com ódio no peito, inicia uma série de ações destituídas de coerência.

Sem saber o que fazer, ele vai até a sala do arquivo e dá um jeito de arranjar com a senhora, que já estava lá quando ele nasceu, o endereço de Nádia e Manuela. Pensamentos confusos, bota o endereço no GPS, estaciona diante do poço das piscinas do condomínio, embaixo da porta da cobertura.

Abrem as duas. Ele cai em si. Não conhece nem Nádia nem Manuela pessoalmente, porém enfrenta as duas com a coragem dos justos. *À faute d'autre chose*, responsabiliza a dupla pela perda de um funcionário importante no futuro da universidade, portanto do Brasil!!!

Acontece que Manuela e Nádia estavam tentando fazer as pazes no momento em que ele chegou, nas primeiras carícias depois da briga e de extensíssimos sofrimentos.

Reconhecem o reitor e têm por bom alvitre pedir que Curvino se retire imediatamente. Que se retire aquele homem que devia estar na sacristia! O que foi fazer lá? Ameaçam chamar a polícia. Mas quem tem o telefone da polícia?

Curvino, confuso, compreende no momento por que tinha batido na casa das meninas. Mas é inconfessável. Ele foi movido pela expectativa razoável de Antônio estar lá e então ser pego em flagrante, arruinada assim sua vida profissional. Se possível fotografado e posto na internet!

Porém Antônio não está lá! E Nádia já entregou o telefone para a cozinheira, que está discando possivelmente para a polícia. Curvino então conclui que é melhor reconhecer que as moças têm razão. Sua visita foi inadequada. Pede desculpas, vai embora. Dá quatro passos e volta.

Então respira fundo e inventa convictamente que tinha ido ali para convidá-las, as duas, para trabalhar com ele na reitoria, sabendo que têm uma cultura acima da turma! Que elas seriam bem-vindas, talvez secretariando os comitês neomoralistas, que, embora essenciais, andam muito bagunçados. Ou então se elas preferirem ocupar o cargo de assessoras diretas da diretoria, porque agora ele, Curvino, não quer mais de modo algum trabalhar com um tipo de gente como Antônio! Gente que desaparece sem dar explicações. Não entendemos por que Curvino está tão desconexo. As moças não entendem nada, porém sorriem orgulhosas de terem sido convidadas.

Afinal Curvino é o reitor. Querem saber como ele descobriu o endereço.

Manuela e Nádia pedem detalhes sobre os empregos oferecidos.

Curvino não suporta ser pego em erro, leva adiante e a fundo seu improviso.

Em tom polêmico, porém comovente, explica suas campanhas LAP. Contra lésbicas, adúlteros e pedófilos. Fala na necessidade crescente de moralização do país. Manuela e Nádia ouvem, concordando e discordando, porém interessadas. Curvino agradece a atenção.

O que está acontecendo ali na verdade, reconheçamos, é que os três sentiram no ar uma simpatia mútua. Por vezes acontece. Duas jovens e um padre. É original.

Curvino diz que elas são lindas, elas dizem que Curvino é lindo.

Embebedam-se então com um Green Label da adega. Nádia, que não resiste a uma batina, revive os sentimentos religiosos da sua infância mineira. Enquanto o jesuíta fala teologias sem vírgulas, Nádia chega a marcar com ele uma hora para o dia seguinte depois da missa no confessionário. A ideia do confessionário também excita Manuela, que também quer um horário.

De repente, ninguém sabe por que, resolvem telefonar para Antônio, como se aquilo fosse a única coisa certa a fazer. Telefonam. Mas cai na secretária. Então, entreolham-se, como se confessassem que estão no mesmo barco, na mesma vingança contra o libertino Antônio.

Observemos: na noite em que Curvino conheceu as meninas, Antônio tinha tomado um Frontal. Estava muito nervoso. Suspeitava que, além de ter perdido Blue, tinha arruinado para sempre sua relação com Manuela e Nádia, e talvez até seu emprego na universidade! Porque Curvino tem fama de rancoroso, não sabe ouvir um não e muito menos ser mandado para onde foi mandado. Poderia querer despedi-lo, de vingança, pensou Antônio. Afinal de contas quem precisa de um professor de antropologia?

Ele passa o dia e a noite seguinte sem fazer a barba, sem tomar banho, sem arrumar a casa, muito menos a cozinha, sem atender o telefone.

Pensa na vida. Conclui que nada deu certo. O fracasso profissional e aquele dos amores. Antônio está rolando agora ribanceira abaixo, tomando cervejas como um Bukowski. Não! Curvino não teria coragem de despedi-lo! Afinal ele é um professor querido, frequentemente indicado para paraninfo. Isso tem valor. É então que mistura Lorax com Dormonid.

Entra numa euforia jamais sentida.

Um estado de epifania, onde conclui que ficaria feliz se fosse despedido da faculdade! Era o melhor que podia lhe acontecer! Guiado pelo destino, empurrado contra a parede da literatura, ele teria de ceder. E tornar-se finalmente um escritor!

Sendo assim, agora é ele que empunha o celular e telefona energicamente para Curvino. Quer declarar aos berros que não deseja mais trabalhar na universidade, naquele antro de repressão.

Uma voz de secretária do outro lado atende. Surpreendentemente, diz que estava esperando um telefonema dele. Que doutor Curvino não vai poder atender, que está numa reunião. Mas que Antônio receberá em breve uma ligação do departamento jurídico.

Antônio solta o celular na mesa como se tivesse levado um choque elétrico. E telefona instintivamente para as meninas.

A empregada diz que nenhuma das duas pode atender, que foram ao shopping, se ele quiser que deixe recado. Antônio então intui, pela similaridade dos tons da secretária e da empregada, que de alguma forma os inimigos reuniram seus exércitos. As meninas e Curvino agora marcham juntos contra ele!

Antônio flete as pernas cansadas, deixa-se escorregar pela parede e senta no canto da sala. Aquele lugar onde as paredes se encontram. Ali onde seria possível passar em branco a eternidade. Aquele lugar onde se compreende que a sarjeta é a porta do paraíso. Eduardo surge e se aproxima dele. Estranho, quanto mais se aproxima, menor fica. Antônio põe Eduardo na palma da mão. E ele fala. "Não vale a pena. Agora então que botou mulher no meio, vai piorar. Mulher é muito mal-agradecida, não viu Blue tirando tua mão de cima dela e dizendo que não te quer depois de você ter comido ela durante anos e anos? Elas não têm respeito. Não sabem o que é um homem. Nem as lésbicas sabem. A frase não é minha, é de um cafajeste, mas diz tudo: mulher, se não tivesse boceta eu não dava nem bom-dia."

Eduardo some quando toca de repente e estridente o telefone. Antônio vai engatinhando — para não dizer arrastando-se — pelo chão como um réptil. Será o homem realmente um mamífero?

É do departamento jurídico da universidade, que, aliás é dirigido pelo irmão mais moço de Curvino, o qual nunca escondeu sua repulsa ao nepotismo. Antônio é comunicado por outra secretária, desta vez com voz aveludada, que vai responder a um processo por quebra de decoro universitário.

CAPÍTULO 19
Casaco de Cristal

Antônio esperava em posição fetal, na sua cama, luz apagada, e pensava. O que foi gestado nesses nove meses, além de espelhos quebrados e desaforos? No meio do furacão tudo é vento. O que de importante acontecera?, perguntou Antônio na madrugada insone.

Primeiro, alma elevada e virilidade recuperada, se bem que interrompida. Segundo. Ou será primeiro? Antônio tinha conseguido pensar, durante estas duas últimas semanas, na sua vocação como escritor. Teria ele talento? Ou queria escrever só para que o admirassem?

Nos tempos em que pululava entre Manuela e Nádia, em plena criatividade sexual, tinha feito a si mesmo essas perguntas, e as respostas sempre tinham sido um enfático e genérico SIM. Ele tinha talento! Sua visão de mundo era genial. Poderia escrever um grande romance sobre aquele amor triangular desprovido de preconceitos.

*

Assim como poderia estar em perigo. Curvino tinha posto ele no olho da rua, em busca de advogado para negociar a demissão. Curvino era o mais forte, era a lei.

Foi pensando nisso que ele abriu a porta de casa, afinal a campainha tinha tocado. Poderiam até ser as meninas, querendo pedir perdão, sonhou Antônio. Mas era Blue.

Ela estranhou muito a aparência dele. Perguntou se era uma forte gripe. Depois o obrigou a tomar um banho para poder conversar com ela. Antônio obedeceu, como se ela ainda fosse sua esposa. Quando voltou do banho, encontrou Blue alegre como se fosse Natal, tinha vindo comunicar a Antônio que, depois de acabar com Esteban naquela noite terrível do bar em Copacabana, estava com tendências de aceitar o assédio do *perfumado*, o Rosas. Inclusive já tinha feito sexo com ele, diga-se de passagem. Porque achava isso natural. Afinal, era uma mulher separada, inclusive tinha sabido que também ele, Antônio, tinha uma namorada de olhos verdes. Uma que andava sempre com outra de olhos azuis.

Relera *Casaco de Cristal* durante uma noite inteira para Rosas, que agora era um dos diretores da editora. E, ao amanhecer, Rosas, apaixonado, concordou que o livro era ótimo. Tinha lido apressadamente da primeira vez, porém agora tinha que ser publicado. Não sei o que faziam entre um capítulo e outro. Em resumo, disse Blue pegando a bolsa para ir embora: Antônio devia telefonar imediatamente para Rosas e simplesmente marcar a assinatura do contrato.

Antônio, que, vocês se lembram, estava triste por causa da perda de suas divinas parceiras, ficou contentíssimo com a publicação do livro e toda a estória. Então Blue tinha se separado dele, mas gastava uma noite inteira convencendo o outro homem de que ele era um gênio? A melhor amiga que um homem pode ter é sua ex-esposa, uma mulher com quem você já foi muito para a cama.

CAPÍTULO 20
Lei Seca

Na banca de jornal de Copacabana, Cavalcanti dorme. Não é confortável o colchonete no lugar das revistas estrangeiras. Mas ele o prefere dez vezes à solitária cama de seu quarto na Lapa. É menos confortável. No entanto dorme sempre na banca. Nem sempre a gente faz o que gosta. Muitas vezes um homem está cansado para fazer o que gosta. Isto se chama tristeza na alma.

Principalmente quando chove e as gotas batem na folha de metal que cobre a banca. Nestas noites, então, Cavalcanti faz questão de dormir lá. Gosta de ficar ouvindo. O barulho vai ficando mais fraco, mais fraco, à medida que o sono vem. Mesmo quando a tempestade aumenta lá fora, mesmo nos dias de trovão, Cavalcanti delira que a banca é uma cabana no alto da montanha. Ele sabe de onde vem esta imagem. Vem de um ladrilho pintado na parede da casa de seus pais, nos tempos de infância. Via-se uma cabana no alto da montanha, saindo da porta um caminho torto que dava num poço, e estava escrita uma frase: *Uma cabana no alto da montanha ao longe coqueirais. Eu e meu amor e nada mais.*

O dia implacável amanhece. O menino Edson, que de menino já não tem nada, porque é um rapaz, bate na porta de metal e acorda Cavalcanti. É hora de arrumar a banca.

Dá um trabalho danado arrumar uma banca. Colocar tudo, revistas, jornais, livros, em lugares ligeiramente diferentes porém com ar de novidade, que é o único digno de um jornaleiro. Mas Cavalcanti não aguentaria fazer isso se não fosse o Edson. No fim da tarde Edson bate seu ponto na loja de artigos para turistas, onde trabalha, e corre dois quarteirões para fechar a banca.

Esse botar tudo para fora de manhã, e de noite tudo para dentro, um velho não aguentaria fazer!

"Como parece com a mãe esse rapaz. Mariinha, minha irmã querida, inesquecível Mariinha, de quem eu gostava muito e que morreu há tanto tempo que preciso olhar para Edson para sentir saudade dela."

E as capas das revistas sorriem umas para as outras. Trânsito pesado lá fora. Entra o primeiro freguês, o segundo. Na capa de uma revista, um homem com uma cara de indiano tem atrás um elefante amarelo cobrindo o pedaço de outra revista que mostra outro homem, este bem-vestido, numa reunião da ONU, ao lado de um super-herói que, voando, luta contra um supervilão. É a banca.

Muito movimento na rua quando se aproxima o meio-dia. Edson está atrasado para seu outro emprego. Pede um dinheiro vivo para o lanche e Cavalcanti dá uma nota de dez. Fica sozinho.

Uma cara de freguesa antiga, duas outras caras também amigas. Três rostos desconhecidos. Um velho mais velho que Cavalcanti. Chega um amigo: Antônio.

Abraçam-se, lá fora um barulho forte. Uma freada. É um motorista incauto que entrou muito fechado e quase bateu no táxi. O guarda Vasconcellos, que estava na esquina, pegou e multou. Cavalcanti aprendeu a ver este tipo de coisa pelas frestas da banca sem perder a atenção principal.

— Vocês fizeram as pazes?
— Não, Cavalcanti. É separação mesmo. Mas Blue tem me ajudado muito. Sabe o que estou fazendo aqui? O *Casaco de Cristal*. Resolveram publicar! O babaca do Rosas mudou de ideia. Tem até gente da TV interessada em fazer uma minissérie!

Plena reunião na editora. Rosas estava de terno bege, sua cor predileta. E perfumadíssimo. Presidindo a reunião, que foi bem. Assinaturas.

Blue entrega a cópia do contrato para Antônio. Antônio estende o braço numa cadeira longe da mesa. Pega o papel orgulhosamente.

É quando soa a voz tipo locutor de rádio de João Maria dizendo algo realmente inconveniente, porém em tom despretensioso. Casual.

— Estamos pensando, eu e Blue, em nos casar e talvez morar na Europa. Sair do Brasil é bom de vez em quando.

Ver de longe para ver melhor. Trabalhar lá, tenho um amigo do ramo na Holanda, tulipas. Alto funcionário do Ministério da Imprensa. Blue já tinha te falado sobre isso, Antônio? Você não tinha comentado com ele, Blue? Estamos, os dois, muito animados!

Antônio recebe aquilo como alguém que bate numa porta de vidro transparente sem ter notado que ela estava ali.

Blue não nega.

Ficam todos sérios.

— Vocês estão brincando. Blue, é verdade?

— Estamos só pensando.

— Mas a publicação do *Casaco de Cristal* não tem nada a ver com isso — perfumou Rosas. — É coisa resolvida, assinada, e o livro é muito bom. Você permite que eu escreva a orelha?

Antônio teve um momento de sudorese diante da ideia de ter entre ele e sua maior amiga/amada, Blue, o oceano Atlântico. O mesmo que um dia separou Colombo da América. Resfolegou quente.

Ele nem olhou a banca quando saiu a passos largos. Pensava em como é possível um homem depender de uma mulher, sempre dependeram!

"A questão é que para ter um filho, garantindo a continuação do negócio, uma mulher não precisa de um homem. Tem vários na praça. Blue vai para a Europa com Rosas. E sou o último a saber. Empestear os mares com aquele perfume. Isso sim é antiecológico. Felizmente Blue não é alérgica como eu, que sempre fui."

Cavalcanti viu Antônio indo embora e preocupou-se.

Certo de que a vida não vale a pena, Antônio caminha dois quarteirões compulsivamente e aí entra no primeiro botequim. Bebe não sei quantas e fica conversando com desconhecidos durante horas, coisa que jamais faria. Sobre futebol, situação política e a frente fria que se aproxima. Somente então vai pegar o carro.

Demora para achar, não lembra onde deixou. Enquanto isso, anoitece, o tempo não para. Ele não pensa em consultar nenhum aplicativo. Por isso é parado na Lei Seca. Processo. Não sopra. Paga o primeiro chofer de táxi que vê para resgatar seu carro, como é de praxe. Retoma o carro no quarteirão seguinte. Desfreia e sai andando em zigue-zague, sem caminho, disposto a seguir a estrada até a gasolina acabar! Porém, quando lembra que vai ter que passar em frente ao Complexo do Alemão, muda de ideia. Não entra no Rebouças, procura o posto de gasolina mais próximo e dorme ali mesmo.

CAPÍTULO 21
Antônio e Blue

Antônio já estava há alguns dias sem sair de casa. Seriam duas ou três semanas? Não ia nem ao cinema. Preferia colocar on-line dez filmes ao mesmo tempo, que botava e tirava em seguida.

De vez em quando sabia por terceiros do idílio boêmio/santíssima trindade de Curvino com Nádia e Manuela. Chegou a ver uma foto dos três na coluna do Joaquim.

Pensou, chegou a acreditar que era amado pelas duas, porém o amor não existe. Se fosse amado de verdade por alguém, ainda que por um instante, estaria salvo pela eternidade. Quem foi mesmo o louco que escreveu isso?

E pensava, principalmente, em Blue. Não podia entender como Blue perdera o interesse sexual nele, se ele ainda a amava tanto. Jamais compreenderia. Surpreendentemente sussurrou audível "Blue é a caretice em forma de princípios", sabendo que esta não era uma metáfora engraçada e sim maldosa. Pensou em seguida o quanto as mulheres diferem dos homens. Ele jamais teria rejeitado Blue sexualmente! Jamais teria resistido à eloquência de pedidos como aqueles que muitas vezes fez. Pedidos fáceis de satisfazer, pensou ele. Porém as mulheres só fazem esse tipo de favor quando não amam, quando amam não fazem. Nesse momento Antônio odiou Blue. Uma tola que ele tinha superestimado. Muitas vezes a gente ama quem não merece.

Tocou a campainha. Ele demorou para atender. Sentia que se andasse depressa podia tropeçar nos pensamentos. Podia ser Manuela, Nádia, Curvino e até quem sabe Eduardo. Abriu a porta. Era Blue.

Chegou leve e agradável dizendo que tinha vindo buscar uns vestidos que havia deixado no seu armário particular. Entrou no nosso quarto e para minha emoção saiu de lá com um deles. Que ela sabia que eu gostava. Um vestido hippie! Que fazia Blue parecer ter 18 anos em vez dos sessenta que tinha.
    Antônio teve certeza de que ela tinha ido lá porque tinha resolvido morar na Europa. Lembrou-se do tempo em que eram felizes. Uma lembrança descolorida.

Blue abraçou Antônio com saudade e lascívia. Antônio pensou o quanto tinha ansiado por esse momento. Pensou também no quanto era livre na cama com Manuela e Nádia. Beijou Blue. Ela saiu do beijo e explicou com voz emocionada estranhos sentimentos: que antes de embarcar tinha que fazer amor com ele. Uma vez que ela e Rosas tinham decidido se casar e ir morar na Europa. Então era preciso que eles dois ficassem juntos pela última vez. Por causa dos princípios. Do mesmo modo que seus princípios a tinham retirado dos braços dele, traziam-na de volta naquele momento, fechando assim um círculo.

Emocionado, Antônio penetrou-a e começaram a fazer um amor lento. Antônio compreendeu tudo. Ou não compreendeu nada. Não era como nas margens do Sena, aquele amor tinha acabado. Sofreu com esse pensamento. E jorrou dentro dela multidões de espermas em tudo semelhantes às multidões do passado. Também esses não resultariam em filhos. Antônio e Blue.

CAPÍTULO 22
O fim dos mundos

Manhã nasceu em Copacabana, Antônio chegando ao jornaleiro. Do fundo da banca Cavalcanti pressentiu que era sério. Olhou para Antônio já prestando atenção. Antônio diz rapidamente ao que veio sem entrar na banca, nem dizer bom-dia.

— Eu sempre quis ser escritor, você sabe disso. Eu não tenho talento, você sabe disso. O *Peter Pan* é uma bravata dos anos 60 e o *Casaco de Cristal* é uma abrasileirada do Raymond Chandler, como quase todo romance policial brasileiro. Meu amor com Blue foi um fracasso. Se não é João Maria Rosas querer casar com ela, ninguém ia publicar mesmo. Não, Cavalcanti, não me olhe deste jeito. Não estou mais tão triste pela falta da Blue. Dor de amor tem limite. E remédio, Cavalcanti. Inclusive andei tendo até umas namoradas aí durante esse tempo que eu não venho cá. E juro, foi bem divertido enquanto durou.

Cavalcanti não tem nada para dizer. Antônio olha para os lados como se fosse possível alguém ouvir.

— Porém uma coisa eu não consigo engolir. O livro que Blue escreveu, *Castidade Contemporânea*, é melhor que o meu, você sabe disso. Por isso eu preciso escrever um terceiro livro que seja tão bom quanto o dela, é uma coisa que devo a Blue por ter aguentado anos da minha mediocridade. Se possível, um livro melhor que o dela. Mas isso já é mesquinharia da minha parte.

Cavalcanti entendeu e quase sorriu.

— Para realizar essa façanha, Cavalcanti, preciso de um assunto, uma vida para contar. A minha não serve, de alguma forma sou contra ela. Uma vida sem as bravatas do *Peter Pan*, sem as violências do *Casaco*. Um livro sobre um homem que observa as pessoas e sabe tudo sobre elas. Como um russo do século XIX. Você.

Passa um ônibus dos grandes, deixando seu rastro de fumaça negra. O trânsito das seis horas da manhã começa a rugir como todos os dias.

De repente uma terceira pessoa pula na banca. É o Edson, que nos expulsa porque precisa botar tudo para fora.

Nádia entreabriu a porta do apartamento com um sorriso à altura de seus olhos mais azuis.

— Antônio. Há tanto tempo a gente não se vê.
— Tem encontrado Manuela?
— Há dois, três, quatro meses que a gente não se vê. Me mandou o convite do casamento. Mandou pra você também?
— Mandou. Não é que ela vai se casar com o Roberto Mauro!

— Roberto Lúcio. Você continua zangada comigo? Da última vez que nos encontramos quebramos espelhos.

— Não. Já perdoei. Inclusive estou com saudades. Estou sozinha, se quiser pode entrar, Giovanna está na Europa filmando.

Antônio prefere continuar na porta.

— Dizem que é deslumbrante sua nova namorada.

— Artista de cinema. No início foi para me vingar de Manuela. Por aquela putinha ter me traído com você. Vingança é comigo mesmo, você sabe. O sangue do meu inimigo é mais doce que o leite da mulher amada.

— E Manuela?

— Quando soube da italiana, gritou, caiu no tapete. Disse que não entendia, que eu tinha feito tudo para reconquistá-la e depois arranjei uma outra namorada. Pior é que é verdade. Fiz tudo de propósito.

— Nádia, você não passa de um bad boy. Vi o retrato de Giovanna numa revista. Ela é linda, parece o Marlon Brando.

— Se Giovanna estivesse em casa não deixava você entrar. Morro de ciúmes dela. Sem necessidade, porque essa está na mão — disse, apontando com o indicador para o centro da própria mão.

— Ainda estamos na porta.

— Por que você veio me ver? O que você quer?

— Quero que você me ajude a escrever meu próximo livro. Um romance.

— Autobiográfico?

— Um misto da minha vida com a de um amigo que você não conhece. Não sei como começar.

— Não entendo nada de literatura. Não sou escritora. Não é melhor botar um anúncio no jornal?

— Não. Vão ser importantes os personagens femininos e você entende de mulher. Eu entendo tão pouco.

— Esse é um ponto da minha personalidade com o qual nunca me conflitei. Meus psicanalistas sempre me disseram que é tudo por causa do meu irmão querido que nunca saiu de Minas, nunca deixou de ser esquizofrênico e suicidou-se quando tinha 12 anos. Pode ser que seja, mas o fato é que eu tenho um tesão danado cotidiano que só passa mesmo com uma boa mulher.

— Quero trabalhar com alguém que me conheça bem. Que goste de mim. Meu personagem tem mais de 80 anos. Você gosta de mim?

— Tenho boas lembranças. Eu, você e Manuela. Quatro dias no quarto.

— Então aceita?

— Vou pensar, mas aceito. Fizemos juntos aquela história. Se a gente não respeitar as coisas, quem vai respeitar?

O que essa gata tem que ainda me dá tesão?

Manuela tinha ido visitá-la pela primeira vez depois da separação.

Em noites assim, vento aquecido e sem lua no céu, moças cariocas precisam de piscinas e bebidas leves. Manuela e Nádia tinham as duas coisas. De madrugada não é permitido o uso de piscina no condomínio, mas Nádia adorava subornar porteiros.

— A última vez que te vi, você estava vestida de noiva. Lindíssima. Não muito verossímil, porém lindíssima. Por que você veio me ver? — repetindo a pergunta que tinha feito a Antônio entreportas.

— Não sabia nem se você estaria em casa. — Toma um ar profundo e mergulha de novo.

Nádia faz o mesmo e seus corpos deslizam passando um pelo outro.

— Outro dia fui com Roberto Lúcio, ele faz questão de sair todo fim de semana, para um hotel na Serra. Apareceu um casal bem burguês puxando assunto, naquela sala de jantar cheia de mesas vazias porque não tem hóspedes. Ficaram nos olhando. Roberto Lúcio riu, não queria, eu sonsa, na minha, acabamos abrindo uma garrafa de champanhe com eles. Depois duas. Depois três. Vamos e venhamos, champanhe tem muito a ver com sacanagem.

Manuela e Nádia riem daquilo como antigamente. Pegam seus dry martínis na borda da piscina. Bebem quase juntas.

— Falei no ouvido dele: Roberto Lúcio, ninguém vai saber. E nos enfiamos os quatro na cama fria do hotel. O marido da outra, que era até bonito, me pegou e eu já pressenti o pau descomunal do desconhecido. Roberto Lúcio, para mostrar-se mais experiente nesse tipo de situação, enfiou sem dó nem piedade na bunda da menina, que gritou assustada: "Marlos!" O marido da outra chamava-se Marlos. "Ele está botando na minha bunda!" Fiquei orgulhosa do meu marido, mas daí em diante não houve mais diálogo. Marlos e todo mundo gozou sem demora, depois tomamos banho de chuveiro quente, vestimos os roupões do hotel, tiramos par ou ímpar e ficamos na sala de visita de um dos quartos. Conversando sobre filmes, viagens e até a economia do país.

— E não aconteceu mais nada?

— Nada! Decadência, minha filha. Senti falta de você, que sempre foi a mais sacana de nós todos.

E calaram. Saíram da piscina juntas. Parecia uma coreografia.

Nádia enxugava os cabelos quando Manuela perguntou:

— Ouvi dizer que você tem estado com Antônio. Está bom lá?

— Todos os dias. Estou trabalhando com ele. Ele dita e eu bato no computador. E dou meus palpites.

— Que delícia. Aqueles livros policiais chatíssimos que ele escreve?

— Não. Dessa vez é sobre um jornaleiro. Mas não posso contar nada. Prometi.

— Quer dizer que você e Antônio fizeram as pazes? — perguntou Manuela sem esconder a ponta de ciúme.

— Foi fácil. Sentimento bonito é a amizade.

Manuela, depois de um instante:

— Que mais há?

Cai um silêncio por longo instante:

Riem e mergulham.

Esteban! O quase esquecido Esteban voltou de Miami após o fracasso do plano com os cavalos de raça. Voltou ainda mais inflexível quanto a sua filosofia do "parecer é ser". Dessa vez estava tentando mimetizar um alto funcionário da TV aberta. Usa apenas ternos italianos, caríssimos, e só faz refeições em restaurantes do tipo que abriga executivos especiais em almoços que vão das 14h às 17h. Além disso, descobriu uma porta dos fundos que dá direto para a sala do diretor-geral da emissora. Que não tinha muitas amigas bonitas, coisa que o Esteban tinha.

Um cunhado que trabalhava numa loja de locação de roupas para ocasiões especiais resolveu a questão dos ternos. E, de resto, Esteban arranjou uma permuta, pronto, só isso, coisa bem-feita.

Acompanhado de uma figurante lindíssima, que conheceu durante uma gravação no jóquei, Esteban comparecia a todas as festas dos VIPs mais VIPs da TV abertíssima. Essa nova iniciativa estava dando certo. Todo mundo acreditava, se não fosse o bastardo do ascensorista do prédio novo, que antipatizou com ele e denunciou, em várias subidas e descidas, o fato de que Esteban tinha na TV, no máximo, um cadastro na divisão de elenco. O ascensorista era um velhinho moribundo, de modo que todo mundo acreditou.

Mas é como se diz: há males que vêm para bem.
    E em meio à balbúrdia badalativa da sua vida, Esteban conheceu no décimo oitavo andar da emissora concorrente um chefe de jornalismo que acenou para ele com um cargo de correspondente internacional no Oriente Médio. Gente, nada poderia ser mais ao feitio de Esteban! O rapaz exultou. E aceitou, abrindo seu mais nobre sorriso. Uma oferta caída do céu das estrelas.

*

Arranjou emprestada uma Canon 5C de um amigo fotógrafo. Estojo a tiracolo, usando um chapéu de peninha faça sol ou chuva, Esteban era agora nomeado para o emprego cobiçado: correspondente de guerra com reprise semanal no *Fantástico* e carteira carimbada pela embaixada do Brasil em Bagdá.

Deu uma festa de despedida elegantíssima para todos os amigos e pessoas muito importantes, à qual Blue não compareceu. Naquela mesma cobertura da Barra onde tinha morado e ele estava conseguindo manter até hoje só Deus sabe como.

Manuela foi à festa. Dançou linda a noite inteira acompanhada de seu marido Roberto Lúcio, que tinha acabado de criar com um amigo de colégio uma pequena agência de publicidade, o cúmulo da falta de imaginação. Teve que sair antes. Tinha um compromisso cedo. Então Esteban, o sedutor, dançou com Manuela, a sedutora, a noite inteira. Acabou fazendo amor com ela, sedutoramente. Viajou na semana seguinte: Bagdá, classe econômica. Nem tudo é perfeito.

Porém permitam que eu lhes fale de um certo lado simpático que Esteban possuía, que era a causa do sucesso de suas falsas, porém não modestas, aventuras: ele era um bom sujeito. Era divertido e possuidor de uma enorme autoestima. Quem não gosta de si mesmo não pode gostar dos outros. Tratava bem as mulheres na cama e sabia despertar simpatias nos corações ao redor.

O leitor arguto já percebeu que algo de mal pode acontecer com Esteban nas ruas de Bagdá.

Cruzemos os dedos para que não seja assim.

Não é fácil ver tulipas na Holanda, embora seja a terra delas. Estou feliz com meu novo marido. Maria Rosas é elegante. Está conseguindo realizar seu desejado intercâmbio da jovem literatura brasileira com o mundo.

Temos um padrão de vida alto. Eu leio muito. Continua sendo a coisa que eu mais gosto de fazer. Vamos a todos os festivais literários importantes. Com certeza, Antônio, você gostaria de estar conosco. Porém se por um lado é muito bom conhecer pessoas notáveis, por outro está causando em mim um sentimento que não sei avaliar. Estou sem vontade de escrever, eu mesma. Embora agora, sendo chefe do departamento de criação da editora, tenha todas as possibilidades de publicação. Mas tantos livros são escritos por dia! Por ano! Por hora! Inclusive os seus. São tantas pessoas interessantes, melhores que eu, fazendo isso! Não sei. Meu livro de sucesso, escrito a teu lado, talvez venha a ser o meu único livro. O sucesso satisfaz meu ego. Mas não é o suficiente para que eu escreva outro livro. Organizar para a editora, por exemplo, belas coleções, capa dura, de mulheres que escrevem sobre mulheres explicando para os homens quem elas são... esse é um projeto que me interessa, serve mais aos meus princípios.

Ah, meus princípios! Quero que você saiba que tenho pensado muito neles. Agora que todos os espelhos revelam as rugas. Primeiro tenho pensado que princípios são como coelhos, tendem a criar coelhinhos. Outro dia tentei listar os meus, coisa que no nosso tempo de casados era fácil, e não consegui! Porém descobri que os princípios das pessoas, de um modo quase geral, não são inventados por elas, vêm de fora. Buda, aquele que cruzou as pernas, tenho lido muito, afirma que somente se deve confiar naquilo que você próprio descobriu. E mais ainda. Sabe aquela sua brincadeira de "inversão absoluta"? Inverta a frase certa que ela vai continuar certa! Por exemplo: é melhor não fazer do que se arrepender de ter feito. É melhor fazer do que se arrepender de não ter feito. Qual está mais certa? Viver cada dia como se fosse o último. Viver cada dia na certeza de que não é o último?

Numa das nossas últimas viagens para as feiras literárias, um jovem escritor me confidenciou entre estandes que estava interessado num assunto clássico: a ética. Me falou de sua dificuldade de reconhecer onde está o mal ou o bem. Achei primária a preocupação. Depende da premissa de que você parte. Porém existe a premissa magna, da qual quase todo mundo parte, com exceção de uma eventual multidão maldita. É o sub specie aeternitatis, critério absoluto da raça humana. Não pode roubar, não pode matar. São princípios! Servem bem ao desenvolvimento da humanidade.

Tenho deixado de lado essa estória, querido, que sempre te irritou. Meus princípios, a maior parte deles, são da garota mais bonita do colégio. E colégio não há mais.

Ouço de longe as badaladas da Catedral, isso significa que são 17h e Rosas vem me pegar 17h15 na porta do hotel. Vamos hoje à ópera. Então, despeço-me abruptamente como gostam os ingleses. Na primeira oportunidade escrevo mais.

P.S.: Ando, porém, com um problema que me persegue, eu diria até que uma neurose se não fosse o dinheiro que já gastei falando disso para analistas. Nem é assunto que deva tratar com você! Ou é exatamente com você que devo tratar esse assunto? Leia rápido para que eu não fique encabulada. João Maria gosta mais de trepar comigo do que eu com ele. É uma insistência, uma trabalheira, que está virando um problema. Pressinto que logo perderei meu tesão nele. Não sei. Talvez seja esse gosto dele pelos perfumes caros que estão derrubando minhas defesas alérgicas/sentimentais/sexuais. Não sei.

— Cansado, Antônio?
— Não sei como na sua idade você aguenta essas ladeiras da Lapa. E não me venha dizer que não são tantas. Eu tenho medo daqui, sempre me amedrontei. A Lapa. Os malandros, as putas, a gonorreia, o gigolô, o dancing, a navalha. A pobreza em estado de paixão.

Antônio caminhava ofegante sobre os irregulares paralelepípedos da rua, sempre um pouco atrás de Cavalcanti.

— Vejo esses arcos, são lindos demais, mas para que mesmo foram feitos? Aquedutos? Não acredito, deve haver motivos ocultos. Até há bem pouco tempo era para passar o bondinho, mas o bondinho se mostrou arriscado. O que pode fazer um bondinho de tão mal? Passei o dia contente quando me disseram que iam voltar com os bondinhos. Sou de Botafogo, minha banca é em Copacabana. São lugares bonitos, mas não se comparam. O Centro, a partir da Lapa, tem pelo menos uma história. As coisas existem porque um dia existiram. Em qualquer direção que se olhe aparece o passado e o passado é uma fantasia agradável. Dizem que a raça humana é violenta, que bobagem. Embora não pareça, é a espécie menos violenta de toda a criação. Os animais, grandes e pequenos, do urso branco polar até a mais reles bactéria, resumem assim sua história de vida. Nascem dependentes de adultos que logo depois não verão mais. Então se reproduzem, tendo para isso em geral de realizar grandes viagens para lugares onde a comida é mais farta para os filhotes. E não têm consciência de nada disso. Mas o que é a consciência senão um jogo em que nós mesmos inventamos as regras? E batalhamos partidas entre nós sobre nós mesmos acreditando que isso tem um sentido objetivo. Olha, estou falando demais, Antônio. Não me ouça, me interrompa. Não se deve falar caminhando. É que atualmente os asilos estão fora de moda, não existem mais, são muito caros, de modo que deixam os velhos à solta. Estamos chegando na minha casa. É naquele sobrado ali. Não aquele, aquele outro mais longe. Você aguenta três lances de escada? Te mostro meu dinheiro escondido e ainda sei fazer um café. Tenho açúcar para as visitas. Você leu quando era garoto *O homem invisível*?

— H. G. Wells. Todo mundo leu.

— A velhice é invisível. As pessoas estão acostumadas a olhar na altura de seus olhos. Não sabem o que tem abaixo. Os velhos em geral estão sentados. Outro dia fui numa festa, numa gafieira, um malandro filho da puta que encontrei na rua me levou lá, na gafieira. Tinha muita mulher bonita. E eu ali no meio da gafieira conhecia muitas pessoas, mas quando ia falar com uma essa já não estava mais lá, tinha ido falar com outra do outro lado do salão. Para mim parecia uma longa jornada.

Então eu desistia de falar com a pessoa. Reconheci uma antiga namorada minha perto do bar, uma velhinha, mas tenho certeza de que eu a amei. Quis falar com ela, mas era muito longe o bar, desisti. De longe ela olhou para mim e sorrimos. Mas tenho certeza que me reconheceu. A vista dos velhos não é boa. Alguém me chamava e eu queria me virar para responder, mas fazia isto tão lentamente que desistia no meio. Com a certeza de que não estava mais lá quem me chamou. Se encontrava um amigo frente a frente, com esse eu conversava. Bobagens. Frases todas feitas. As conversas que interessam, as que ensinam caminhos, nunca mais serão conversadas por mim. Me falta voz. Que vença o samba que está tocando animado. Um casal rodopia e esbarra em mim, eu rodopio também, cheguei a ficar contente antes da queda. Não vê? Caí em cima dos joelhos, estou mancando até hoje.

Antônio, que estava para fazer esta pergunta há muito tempo:

— Você me chamou aqui por quê?

Estão chegando à casa. Cavalcanti, tirando a chave do bolso:

— Você é o amigo mais moço que eu tenho.

— E o Edson, teu sobrinho? Como é que ele vai?

— Foi por isso que eu te chamei aqui. Na vizinhança da banca tem tráfico de drogas, em Copacabana tem muito. E agora descobri que meu sobrinho Edson está metido também. Deve ter sido aliciado, sei lá. É garoto, tem o que fazer com o dinheiro. Mas eu não posso deixar isso assim. Ele é filho da Mariinha.

E subindo as escadas e entrando no quarto, Cavalcanti joga-se numa cadeira, exausto.

— Preciso tirar o Edson do Rio.

Instantes depois, Antônio vê Cavalcanti abrir seu canivete, que estava misturado aos poucos talheres na gaveta da única mesa. Golpeia com ele o fundo do colchão da cama e retira lá de dentro um rolo de dinheiro velho. Notas de 10, 5, de 50, de todos os valores. Cavalcanti sentou-se na mesa e começou a contar.

— Mariinha já morreu, Edson não tem para onde ir. É jovem, pode ir para qualquer lugar que quiser. Não faço nem questão de saber. Quero fazer isso sem o conhecimento do traficante. Tenho medo de represália. Ele é um homem violento, o traficante. Por isso te procurei. Por nada. Mas, se acontecer alguma coisa ao Edson ou a mim, pelo menos você sabe e vai poder ajudá-lo.

Separou mais ou menos dois terços do dinheiro e aí colocou cuidadosamente o restante dentro do colchão.

— Estou falando o tempo todo, queria tanto ouvir suas novidades. Mas hoje parece que é a minha vez de falar.

Recoloca o colchão no lugar e senta diante de Antônio, olhando fundo para ele com olhos de menino travesso.

— Um velho não deve falar. Quando te perguntam se você está bem, você tem que responder que está ótimo. Certeza só temos uma, de que no futuro estaremos piores. Ou não! Porque o desafio da vida, sua incredibilidade, só termina com ela. Pode ser que você ou eu seja o herói. Enfie a lança dentro da garganta do dragão no último momento. Pode bem ser que isso aconteça com todo mundo. Talvez sejamos todos o herói, São Jorge vencendo o dragão. Quer um cafezinho, meu filho? Desculpe ter te chamado de filho. Não sou seu pai. Ninguém é filho de ninguém, isso é só uma impressão deixada pelas certidões de cartório. Nascemos e morremos sozinhos. E saímos todos do mar — disse Cavalcanti com um sorriso contagiante.

Um pouco antes do casamento religioso de Manuela e Roberto Lúcio, ao qual Curvino compareceu jesuiticamente, ele e as meninas desenvolveram grande intimidade. Principalmente depois dos encontros oficiais do confessionário, nos quais coisas espantosas foram ditas e jamais serão sabidas.

Sabemos, porém, que Curvino tornou-se presença costumeira na cobertura. Ficou amigo até dos passarinhos de Nádia, com quem conversava toda vez que chegava lá. Estava mais bonito que nunca o Curvino, aparecendo os primeiros cabelos brancos. No entanto sentia falta do seu antigo amigo de confiança, Antônio, que não aparecia nem respondia mensagens.

Assim, as noites tornavam-se agradáveis no loft de Nádia. Conversavam até a madrugada. Sem nenhuma malícia ou segunda intenção. Imaginem a cena: duas jovens lésbicas lindas, uma delas recém-casada, e um padre. Conversavam sobre filmes, festas badaladas, mas principalmente sobre teologia. Para satisfazer a curiosidade das meninas. Mulheres sensuais têm certa queda por teologia. No fim da noite costumavam sair para jantar na

Capricciosa, restaurante caro. Curvino sempre pagava com a verba social da reitoria.

Ficou notório esse trio na noite carioca. O reitor cada vez mais lúcido e paternalmente galante.

Tudo certo, tudo muito certo.

Até aquele domingo de noite. O diabo certamente estava sentado conosco assistindo ao *Fantástico*. Começou pela manhã. Acontece que, sem homem, tínhamos Nádia e eu acordado naquele dia com um tesão terrível, daqueles raros que não é possível resolver uma com a outra! Estávamos meio doidas, bem doidas naquele domingo. Deve ter sido aquele pó divino daquele cara que entregava em casa. Escondidas de Curvino no banheiro, cheiramos três papéis bem pesados a noite inteira, aos poucos.

Não sei se foi Manuela que insinuou que convidássemos Curvino para uma segunda versão do "quatro". Ideia absurda. Eu jamais insinuaria isso, que padre é padre. Fui peremptoriamente contra. Naquela época tínhamos um grupo de estudos aos domingos, ou seja, nós três, seríssimos. Curvino estava focando seus pensamentos na *teologia negativa*.

"Se Deus não é o claro nem o escuro, nem o bem nem o mal, nem o geladíssimo nem o escaldante, que será Deus? Algo que não é nada disso", explicava Curvino com prazer imenso.

*

Foi Manuela quem agarrou primeiro.

Ele reagiu com um gesto de filme de terror, fazendo um X com os braços diante do rosto. Foi desagradável. Eu não podia deixar minha amiga assim. Falei que era brincadeira e agarrei pelas costas. Repito, estávamos loucas. Pensei poder convencê-lo de que tudo aquilo estava acontecendo por causa da *teologia negativa*. Que não éramos amigos nem inimigos, discípulos nem mestres, fodedores nem fodidos, e que, portanto, nem seria pecado porque pecado não poderia ser. Não tinha lógica nenhuma, mas em sexo e filosofia vale tudo.

Mas não tive tempo de argumentar. Curvino desvencilhou-se das duas e começou a passar muito mal. Cambaleava pela espaçosa sala. Enjoo. Teria sido a comida do jantar? Manuela, estávamos loucas, não deu importância àquele mal-estar. E desceu a mão deliberadamente no pau de Curvino!

O padre levou um susto antológico e retrucou com uma súplica.

— Queridas, respeitem o religioso. Não desperdicem uma amizade como a nossa.

— Então não gosta de nós? — falamos quase juntas, afetadamente, tínhamos virado duas diabas.

E conseguimos cercá-lo uma de cada lado, a mesinha do sofá na frente.

Ele passando cada vez mais mal. Quando tiramos a roupa num instante com a prática que tínhamos, o padre

Curvino saiu de si por um segundo. Voltou e desmaiou de novo nos braços de Manuela, mas caiu. Manuela teve de segurar. Curvino era um homem pesado.

Nádia perdeu a paciência. Aborrecida com aquilo, foi até o banheiro buscar aqueles sais aromáticos infalíveis importados pela tia Délia para não desperdiçar Smiles.

Quando Curvino deu um salto, abrindo os olhos e inspirando sem ar, a face retorcida como quem sente uma dor insuportável, Manuela teve certeza de que ele ia morrer. Enfarte.
Manuela gritou.
— Nádia, estamos perdidas, vamos ser presas!
Queria gritar para os vizinhos, mas Nádia não deixou. Ao contrário, com calma inconcebível, pediu silêncio. Depois tirou Curvino de Manuela e pôs o padre em pé, dizendo: "Força, homem, força!" E então garantiu que não era enfarte. Não precisava chamar médico nenhum. Nem polícia. Que naquele momento ela tinha acendido uma luz no pensamento e descoberto o segredo do padre. Explicou que não queria falar, que preferia até não falar, mas seu ofício nessa existência era dizer a verdade, então ela ia falar! Controladamente:

— Curvino, meu bem. Não tente mais nos enganar com sua cara sofrida de John Cassavetes. Que era um cineasta experimental dos anos 50 casado com Gena Rowlands. Curvino, você não é apenas um jesuíta brilhante do Top 500 que dirige uma universidade. Na verdade é uma bicha-louca trancada a sete chaves no seu armário de jacarandá.

E digo mais, quer que eu diga? Seu problema é Antônio. Você é completamente apaixonado pelo Antônio. Foi por ciúme que você não queria que fôssemos dele. Por ciúme você despediu Antônio. Isso está na cara. No rosto, na face. Eu não queria falar.

A única coisa que Curvino, pobre criatura, queria era sair daquele lugar horroroso. Pior que a cruz. Tentou. Deu quatro passos, mas seu corpo virou para Nádia com espanto no rosto!
— Não, não é verdade!
Nádia deu uma gargalhada que teve de sustar. Quando Curvino começou a botar sangue pela narina esquerda, manchando o tapete branco.
— Manuela, dá um lenço para ele — cortou Nádia.

Nádia estava dona da situação. Não era mulher de misturar sais e pós à toa! Mas, bendita natureza, ficava com aquela língua réptil, extraordinariamente longa, que vai lá e cata o mosquito, que no caso era Curvino.
— Não é verdade! Manuela, você também pensa assim? — Não é verdade — Curvino ecoava a si mesmo.
Ficou pálido, verde, roxo e continuou.
— Nádia! Manuela! Adeus! Deus!
Nádia não entendeu nada.
Manuela também não. Sempre pensaram que estavam prontas para tudo. O que Nádia não esperava e nunca imaginou é que Curvino não soubesse do seu lado homossexual.

*

E Curvino não sabia.

O jesuíta andou surtado até o elevador e ricocheteou nas paredes metálicas. Andou desnorteado atrás do elevador, desceu com a certeza de que baixava aos infernos.

Ele não sabia.

Algumas horas depois, no final daquele dia violento, Manuela avisou ao marido que não ia dormir em casa. E dormiu na familiar cama do quarto de espelhos, ela e Nádia abraçadas. Como duas irmãs acalmadas pelo massacre a que tinham, juntas, levado a termo.

Manuela acordou cedo e foi para casa. Roberto Lúcio voltava naquela manhã do Congresso e Manuela estava ansiosa para que ele visse os móveis da sala dos quais eles tinham trocado o estofamento. Ela queria saber se o marido ia gostar.

O navio fantasma de Curvino tinha agora um rombo no casco. Naufragando, o jesuíta teve uma crise medonha, titânica, horripilante, infernal, quando reconheceu que admitia como verdade as afirmativas de Nádia. Ele era um homossexual não assumido!
    Apenas um gay!!! E sofreu muitíssimo.
    Nádia não teve pena, tinha comentado com Manuela antes de dormir.
    — Se não sabia, é bom saber!

*

O jesuíta Curvino ia pelas ruas e noites e dias e pensava:
Não podia mais ser padre porque era gay e não podia ser gay porque era padre.

Nunca mais voltou ao seu escritório na sacristia. Depois, parou de frequentar a própria universidade. Abandonou o cargo de reitor. Vivia barbado e até a sua gola de padre tinha mancha de café. Gastou tudo que tinha em muitas dissipações inúteis. Quando restavam apenas suas últimas economias foi ao Vaticano. Conseguiu depois de meses de espera a audiência com o papa. A quem pediu perdão e licença para largar a batina.

O porteiro do Bagda International, hotel de terceira, ficou consternado quando um menino veio correndo e contou que seu hóspede brasileiro tinha sido baleado no mercado principal da cidade. Lembrou dele sorridente saindo do hotel há poucas horas. Nem acreditou. O rapaz que era fotógrafo? Tinha saído assobiando!

Folheto turístico encontrado na mesa de cabeceira do quarto de hotel. Esteban tinha lido aquele folheto várias vezes, uma vez que queria saber de cor os dados:

Bagdá é a capital do Iraque e da província de Bagdá. Com uma população de 7,5 milhões de habitantes, é a maior cidade do Iraque.

"Mais gente do que no Rio."

Bagdá também é a segunda maior cidade do Sudoeste Asiático, depois de Teerã. Situa-se no centro do país, às margens do rio Tigre, e sua história remonta pelo menos ao século VIII.

"Isso é o que o Brasil não tem: tradição!"

Antiga capital do mundo islâmico, Bagdá atualmente está no centro de conflitos violentos, desde 2003, devido à Guerra do Iraque.

Essa parte era a que Esteban menos gostava.

Ossos do ofício.

Andaria por ali com muito cuidado. Olhando bem para os lados. Esses terroristas são perigosíssimos. Talvez devesse deixar a câmera na portaria do hotel para ir ao mercado famoso, mas era necessário comprar lembranças. Levou a câmera para fotografar tudo. Pensou três coisas: Bagdá é grande, Deus é brasileiro e cautela tem limite.

Manuela lendo o jornal grita para Nádia, no deque apanhando sol.

— Nádia, não é possível. Que horror! Isso não pode ter acontecido com ele! — Correu lá e mostrou a foto. É Esteban, sem dúvida. Elegante e bem penteado. — Coitadinho — diz Manuela irrompendo o pranto.

Bagdá significa *Bag*, "deus", e *dād*, "dado", ou seja, "oferenda de Deus". Na Antiguidade foi chamada *Madinat as--Salam*, ou "Cidade da Paz", como referência ao paraíso, citação do próprio Alcorão.

Esteban trocou seus dólares no balcão do hotel. Conseguiu um câmbio bom. Mostrou interesse sobre a família do atendente. "Seus filhos que idade têm?"

Blue atendeu o telefone. Por acaso estava no Rio com Rosas em férias da editora. Antônio:

— Li no jornal, queria te dar a notícia antes que você lesse. Esteban morreu. Não queria ser eu a te dizer isso. Absurdo, mas Esteban morreu.

Rosas entra na sala assustado com a mudança de expressão no rosto de Blue.

Esteban, abrindo seu caminho na multidão:
"É gente à beça. Rua do Ouvidor é pinto. E lá não deixam passar automóveis, mas aqui, pelo menos, carro de autoridade passa. Já vi dois, com guarda armado dentro, desde que cheguei.

"Caminhão de frutas ao lado de peixaria. Pedras preciosas e tapetes, naturalmente. Objetos de ferro, esculturas, máscaras de ferro e tapetes, naturalmente. A única coisa que eu sei de Bagdá é ter sido levado pelo meu pai para ver num cineclube *O ladrão de Bagdá*, com Sabu, filme para criança. Sucesso no cinema mudo. Sabu andava de tapete voador. Adorei. Colares e vestidos lindos. Se não forem muito caros compro todos. Tenho amigas que vão adorar."

Cavalcanti leu em seus jornais a notícia do acidente. Sim, porque foi quase um acidente. Dois americanos da embaixada, possivelmente funcionários do serviço secreto, tinham sido emboscados no mercado. Os terroristas trocaram tiros com a polícia. Doze feridos e cinco mortos com balas perdidas no tiroteio. Cavalcanti se arrepiou por causa do pobre Esteban e também por essa situação do império islâmico. Parece não ter jeito: os americanos querem viver, os islâmicos querem morrer para encontrar virgens lindas no paraíso.

*

Esteban estava realmente num dia de bom humor, mas não conseguia ficar longe do Brasil, embora fosse necessário profissionalmente.

Lembrou-se da banca do jornaleiro Cavalcanti. Em Bagdá havia de tudo, menos bancas de jornais. Ele gostaria de estar lendo o *New York Times* de hoje para ficar bem informado. Um correspondente bem informado é outra coisa.

Porém Esteban não teria conseguido manter sua fé solar se estivesse lendo o *New York Times* daquele dia:

Obama anunciou em 11 de setembro último que os ataques norte-americanos ao Estado Islâmico querem expandir-se no centro do Iraque e da capital Bagdá até a Síria. O presidente está com dificuldades de conter os senadores republicanos depois da morte por decapitação do terceiro jornalista, o refém britânico David Haines.

Uma limusine preta surge ao longe em velocidade numa transversal do mercado, fazendo com que os pedestres se dispersem para que não sejam atropelados. Ouvem-se tiros de metralhadoras. Esteban se assusta. Agilmente se esconde atrás de um muro que separa barracas. Os tiros se aproximam, agora é um tiroteio. Esteban mantém a calma em meio ao caos que se instala no mercado. É sem dúvida um tiroteio terrível. Certamente uma emboscada a alguém importante ou coisa assim. Enquanto pensa "Meu Deus como é que eu me meto numa roubada dessas?", vê, a poucos metros, nada mais nada menos que um tanque de guerra. Blindado, parado, aparentemente abandonado.

"É atrás daquela coisa que tenho que me esconder para me defender dos tiros. E é fácil. Basta que eu decida e corra até lá de uma vez só, sem medo. Já vi isso no cinema muitas vezes, sempre deu certo!"

Unindo o pensamento à ação, Esteban marca uma reta e corre abaixado e com toda a vitalidade em direção ao tanque blindado.

"Três balas estão entrando no meu corpo. Dor intensa e estranha. Vou morrer em Bagdá. Mas, se estou pensando, é porque ainda estou vivo! E o tanque blindado tão perto..."

Foi quando Esteban ouviu um baque surdo, terrível, ensurdecedor no chão. Compreendeu que era seu próprio corpo caindo. Porém, antes de ter a chance do pânico, morreu.

No Rio de Janeiro, na casa de Blue, Antônio conversa com ela, que chorou muito, até ficar seca de lágrimas. João Maria Rosas está de costas no jardim para não importunar os dois.

— Chora, Blue. Você sempre é rigorosa demais consigo mesma. Ninguém podia ter impedido Esteban de ir. Sei que é uma tragédia. Na verdade, é a única tragédia da vida. Morrer jovem.

Agora é Antônio que começa a chorar. Ele mesmo, incontrolavelmente.

José Henrique, o psicopata, estava errado a partir do nome. Não poderia nunca se chamar assim. Sua mãe era uma negra deslumbrante que deixou um rastro de tragédia na sua curta vida. Dois homens se mataram por ela.

O pai de José Henrique, o psicopata, era traficante e guarda-costas de político. Negro. Também morreu cedo. Baleado numa entrada inesperada da polícia na favela.

Enfim, histórias comuns que não valia a pena contar. Se José Henrique não tivesse nascido branco!

Os médicos do hospital público se espantaram. Um repórter de *O Dia* tentou registrar o fato, mas não foi acreditado. Branco. Um branco doentio.

O menino foi mandado para ser criado pelos avós paternos que moravam numa cidade árida do estado do Rio. Assim sendo, José Henrique nasceu branco. Alto e forte, nariz achatado, cabelo pixaim, queixo levemente prognata.

Porém não era um monstro por este motivo. E sim porque desde criança espancou os amigos, derrubou o avô que o criou com um soco e, para aprender a atirar, alvejava ratos e cães. Adorava matar. Matou muito. Matou também, sem nenhum motivo, um transeunte que passava por ali. Ninguém descobriu que foi ele, posto que não havia explicação.

A profissão traficante era a única, natural e possível e socialmente permitida para José Henrique.

Dizem os otimistas que os homens não nascem maus, o homem mau é aquele que sofreu demais.

Porém, olhando bem para José Henrique como Cavalcanti estava fazendo agora, não era possível manter tal consideração. José Henrique era mau até a raiz dos cabelos. Até as profundezas dos intestinos.

— Bom dia, seu Cavalcanti — disse o bandido encostado numa parede.

José Henrique me cumprimentou com prazer e senti a morte em seu sorriso.

— Soube que o senhor colocou no tráfico meu sobrinho Edson. Não quero que isso aconteça. O menino é limpo.

— E eu sou sujo. E não gosto de velho. E não gosto que se metam na minha vida. Cai fora, velho escroto, antes que eu lhe mate com um chute nos rins.

Cavalcanti respirou fundo e disse exatamente as palavras que tinha planejado dizer.

— Se eu vir outra vez meu sobrinho Edson conversando com o senhor, vou na delegacia e conto todo o seu esquema de venda de heroína aqui no bairro. Explico que o senhor é cúmplice dos guardas de trânsito e que já é *sócio de duas lojas de couros e pedras preciosas para turistas*. Sei também que o senhor está sob liberdade condicional no momento, de modo que vai ser preso se eu der a queixa e provar.

O bandido ficou perplexo com a audácia do velho. Com o rosto ainda mais branco, tomou raivoso o último gole da cachaça que estava no balcão.

— Se o senhor fizer isso ou qualquer outra coisa parecida, eu entro na sua banca, espalho gasolina em tudo, derrubo o senhor lá dentro e taco fogo na gasolina. Mas o senhor não vai me dar esse trabalho, não é, seu Cavalcanti?
— E deu uma leve bofetada no Cavalcanti, quase um carinho no rosto, deslocando-lhe os óculos. Foi embora.

As ameaças realmente não serviram para nada. Edson, filho de Mariinha, não queria nem conversa. Continuou a comerciar os papéis de pó preto.

Cavalcanti foi à delegacia e fez a denúncia.
Com todos os detalhes. Os policiais conheciam o traficante José Henrique, que era, inclusive, *persona non grata*, uma vez que suspeito do assassinato de um deles. Aproveitaram a denúncia, fizeram uma sindicância e grampearam de surpresa o bandido José Henrique. Depois, jogaram no camburão e direto para Bangu 2, de onde ele tinha fugido.

Não sei como essa gente faz para conseguir as liberdades condicionais. Talvez José Henrique tivesse um amigo juiz que gostava do pó. Afinal dizem que é a droga dos velhos porque tira o cansaço. Nunca experimentei. O fato é que não chegou a dar três meses, o monstruoso assassino apareceu de volta nos arredores da banca em companhia de Edson, sobrinho do jornaleiro.

— Fiz besteira, perdi a cabeça. Cheguei a fazer um discurso, um verdadeiro comício na frente da banca, acusando o traficante, que me olhava fixamente, olho no olho, do outro lado da rua. Eu sabia que estava condenado. Inclusive nem ficava bem para ele me deixar vivo. Mariinha querida sempre censurou minha impulsividade. Preparei-me.

Banca fechada, noite alta. Antes de dormir subi as escadas e peguei na prateleira de cima a caixa de sapatos estampada com flores, que abri com emoção. O revólver estava lá. O cabo de madrepérola que não via há vinte anos. Continuava carregado, tambor cheio, meia dúzia de balas, revólver de antigamente. Peça de museu.

Peguei e botei perto do meu colchonete. Dormia com ele, por assim dizer. Na certeza de que jamais atiraria em quem quer que fosse. Sou um homem pacífico, sempre concordei que matar um outro homem é o pecado-limite. Eu não poderia fazer isso. Mas o revólver de madrepérola deixei dormindo do meu lado, garantia. Gostava de me recordar que era um presente de uma mulher muito bonita que amei muito quando jovem, cujo marido era ciumentíssimo.

Madrugada. Lua rajada no céu no intervalo entre os edifícios. Quando ouço um barulho de chave no cadeado da porta da banca. Ouço também risadas, mais de uma pessoa, gargalhadas psicopatas. Tremo quando noto que José Henrique está sozinho, sendo ele quem ri.

Como tinha conseguido a chave do cadeado? Eu não fazia ideia. Medo. Edson, por mais que ele estivesse viciado, jamais entregaria a chave. A não ser que estivesse morto. Estremeci de novo. José Henrique era bem capaz de matar tio e sobrinho de uma vez, só para fazer bonito, crueldade.

O assassino entrou lento. Estava a dois metros de mim e me olhou com longo olhar, como se fosse possível não me ver. Então meteu a mão na prateleira de cigarros, pegou um avulso e uma caixa de fósforo. Acendeu com cuidado. Com o cigarro na boca e eficiência, despejou o conteúdo de dois galões de gasolina que tinha trazido. Molhou as revistas, jogou dentro do freezer de sorvetes, embebeu os livros, doces e jornais. E resmungou: "Agora tá caladinho, né, velho? Você não presta, nem teu sobrinho presta" — e acendeu um fósforo diante do rosto e dessa vez me viu. "Acha que sou feio ou bonito? Isso aqui vai dar o que falar."

Cavalcanti crispou na mão escondida seu revólver de mulher. Sentiu que mesmo que tentasse não ia acertar o tiro, porque enlouqueceria ao ver o sangue jorrar na cabeça aberta. Talvez fosse melhor meter uma bala certeira em si mesmo que cair nas mãos daquele sádico louco. O suicídio.

Dizem que é possível que um milhão de pensamentos passem pela cabeça de um homem sábio numa fração de segundos, como um raio que divide o céu.

O velho naquele momento se lembrou de todas as humilhações, maldades, frustrações que sofreu por causa de homens maus. Mais rápido ainda, passaram por ele todos os momentos bons, alegrias e amores. Tantos pensamentos que foi como se ele não pensasse nada.

O fósforo de João Henrique apagou. Ele puxou da caixa para acender outro, mas não deu tempo.

Cavalcanti deu o primeiro tiro absolutamente certeiro na garganta, arrebentando a corrente dourada maciça que tinha ali. Com um tiro na garganta, a vítima não berrou. Somente olhou com o olhar dos infernos. Enquanto recebia no peito e no estômago as outras cinco balas do revólver de Cavalcanti. José Henrique jorrou como um chafariz e seus miolos malvados espirraram sobre as revistas da semana.

Vizinhos devem ter acordado com os tiros, mas não levantaram das camas. Tiros na noite não são incomuns em Copacabana. Além do mais, a banca tinha aveludado o estampido seco. Ninguém apareceu na janela. Ninguém viu o velho Cavalcanti saindo da banca, acendendo outro fósforo, ele mesmo, e jogando aceso na gasolina.

Tudo incendiou num segundo. Depois Cavalcanti saiu andando para longe dali. Mal teve tempo para sair e fechar quase meticulosamente o cadeado da entrada. Depois saiu andando depressa, se é que um velho anda depressa. Para longe dali, em direção à esquina e depois para a praia, onde parou diante do mar. Olhou ao redor e teve consciência de tudo. O mar, a morte, a banca. Talvez tenha rido de satisfação ao saber que também ele era capaz de matar.

Dentro da banca, o rugir do fogo era pavoroso. As fotos das capas de revista queimavam seus sorrisos, biquínis, manchetes, umas com as outras. Os livros tombavam no chão consumidos pelo fogo. Tudo queimava, posto que no final das contas era tudo papel. Porém, sem grandes labaredas! O fogo não tinha como se alimentar na banca fechada, aumentando assim a pressão e temperatura sobre o bandido baleado. Lá fora juntou a primeira multidão ao redor da banca candente. Depois outro grupo e outro. Eram em geral bêbados, prostitutas ou loucos. É o que resta na minha vizinhança antes do raiar do dia.

Quando a primeira chama, derrubando a parede lateral da banca, irrompeu sua fúria no ar livre, soou uma salva de palmas. Entusiasmada, espontânea, ruidosa. Não é toda noite que Copacabana tem um espetáculo assim.

Natural destaque foi dado à notícia nas primeiras páginas nos jornais do dia seguinte. Elogiando a eficácia dos bombeiros e a especialidade do acontecimento. Afinal, bancas não costumam queimar, principalmente tendo dentro um malfeitor carbonizado, conhecido nas fichas policiais.

Cavalcanti vai para seu quarto da Lapa. Cavalcanti estava exausto, dormiu até a chegada da Lei. E diante de uma dupla de investigadores típicos confessou tudo, detalhe por detalhe. Os policiais sorriam diante da narrativa do velho, que afinal merecia parabéns, uma vez que tinha acabado com o escroto José Henrique. Tomaram um cafezinho que Cavalcanti ofereceu... e foram embora, dizendo a ele que não se preocupasse. Esquecesse aquilo. E foram embora descendo escadas.

Grande polícia brasileira!

Antônio trabalhava três horas por dia no mínimo, quando não eram seis, no seu novo livro sobre Cavalcanti, os amores e dissabores. Todas as informações sobre o jornaleiro estavam recolhidas, entrevistas feitas, as pesquisas esgotadas, tudo com o indispensável auxílio de Nádia. Esse material estava agora espalhado pelo chão, esperando o momento. Perguntando ao autor o que fazer com ele. No entanto, eram apenas cacos, sem significado ou elevação. Nádia participava daquela angústia criativa, mais radicalmente do que ele.

Estavam em plena fase angustiante, da tortura do escritor. Antônio pensava que não ia ficar bom. Teria que se conformar com sua mediocridade. Talvez não devesse escrever livro sobre Cavalcanti nenhum, e sim sobre si mesmo. Blue, Manuela, Curvino e a turma toda.

Escrever por escrever, deixando que a imaginação voe livre, já que é a única capacidade humana que goza de liberdade, é para mim, devo confessar, um trabalho quase fútil. Se não escrevo o que pessoalmente vivi, acho que não tem valor. Como se a razão de ser do artista não fosse criar belezas e sim contar para todos sua vida. Aquilo que conseguiu perceber unicamente, que os outros sem sua ajuda não perceberão. Não posso acreditar que este comportamento derive apenas da vaidade. Talvez nós todos estejamos fazendo a mesma pesquisa, sendo portanto importante a informação que o outro pode trazer.

Além do que, insistia no tema levantado no primeiro parágrafo da obra, quando Eduardo morreu.

— Qual o primeiro dia da morte de um homem? Que alvorada maldita será esta a partir da qual está decretada a minha morte?

Nádia gargalhou, como se ele tivesse contado uma boa anedota. Antônio continuou.

— Veja meu amigo Eduardo, por exemplo. A história de um homem é contada por cada um diferentemente. Para mim, a de Eduardo foi assim.

Eduardo aparece para conferir a versão do amigo.

Eduardo na pequena varanda do apartamento. O computador sobre a mesa. Antônio sabe que é a memória dele, mas para todos os efeitos é como se Eduardo estivesse por ali.

— Morrer é horrível em qualquer versão — comenta Nádia numerando páginas.

Nesta aparição Eduardo está nervoso. Sarcástico. Não espera, começa a falar diretamente com Nádia, que não o escuta, nem é para escutar.

Antônio acende um cigarro para disfarçar o silêncio.

*

— A dor da morte podia ser bem aliviada, a turma não se interessa. Por exemplo, se o governo dá uma grana para a família do que morre, de prêmio de consolação, sei lá, já melhorava. Se por exemplo, no caso de uma viúva, é de praxe e bom-tom que os candidatos a marido vivo declarem-se, assinem uma lista no dia seguinte, mesmo que a viúva só queira ler uma semana depois. Consola.

"E naturalmente o Dia do Alívio, isso é um absurdo não comemorarem. O número de pessoas que ficaram aliviadas quando eu morri é quase igual ao das que choravam por mim. Se não fossem as mesmas pessoas. A comemoração do Dia do Alívio devia ser incentivada pelo governo. Eu vivo dava muito trabalho."

Antônio falava com Nádia revelando um segredo do fantasma.

— Uns dez, quinze anos antes de morrer, Eduardo me mandou um livro que ele tinha escrito. Era o livro que ele tinha para escrever. Foi depois do casamento com a Beth, sua segunda esposa, que era bonita, gostava dele. Aeromoça e ganhava bem, mas isso já é outra estória. O livro era sobre a mãe dele, que eu não sei se, verdade ou fantasia, Eduardo dizia que tinha morrido num hospício, onde ficou internada há muitos anos.

— Claro que é verdade. Se eu mentir sobre minha mãe ela me bate.

Eduardo cada vez mais parecido com um pinguim começa a se desinteressar pelo assunto.

Antônio continua o comentário.

— O livro era bom. Cheio de tiradas engraçadas revelando o amor e o ódio que ele tinha pela mãe. Eduardo tinha escrito aquilo na esperança de vender para a televisão ou para o teatro. Diminuindo assim a carga da Beth, que sustentava a casa. Mas era puro sonho. Não tinha chance de vender coisa nenhuma. O livro não dava para entender. Não dizia nada. A estória não significava absolutamente coisa nenhuma. Era uma porra-louquice sem estilo.

Eduardo não gosta daquilo. Sai andando, dando voltas na sala. Agora é quase um pinguim.

— Eu disse para ele o que eu achava, ele não gostou. Então comecei a dar uns conselhos sobre como esclarecer a história do livro. Era fácil. Uma troca de ordem nos capítulos, algumas frases informativas, títulos, coisas assim. Eduardo me agradeceu muito a colaboração e ficou de me entregar o material refeito em cinco, seis dias. Um mês depois, não tinha entregado nada. Telefonei insistindo, eu estava realmente interessado em empregá-lo, pela nossa amizade. Dois meses, três meses, seis meses depois, ele não entregava nenhuma nova versão! Até que compreendi que Eduardo não queria. Não queria esclarecer o livro. Exigia que as pessoas entendessem a lógica dele. Ou a porra-louquice, ou nada.

Com essa, Eduardo fantasma perde a paciência e sai da sala em direção à cozinha, desinteressado. Nádia nota que algo estranho está acontecendo, mas não quer se meter. Antônio fala mais alto para que ele ouça.

— Ainda trabalhava como psicanalista, mas já tinha poucos pacientes. Logo perdeu o consultório e parou completamente de trabalhar. Tiveram dois filhos neste tempo, ele e Beth. Eduardo ficava em casa tomando conta dos filhos e Beth voava, trazendo o dinheiro.

Nádia exclama num susto.

— Mas é assim que fazem os pinguins! Não viu o filme? Os machos tomam conta dos ovos enquanto as fêmeas viajam quilômetros para caçar peixes, para alimentar os filhotes. Você não me disse que Eduardo parecia um pinguim?

Eduardo aparece na sala completamente pinguim.

— Os pinguins são os bichos mais simpáticos de toda a criação — continua Nádia. — Deus obrigou-os a um eterno black-tie. Sempre prontos para o grande baile da criação.

A partir dali Eduardo anda de um lado para o outro e resmunga irritado com a mão presa nas costas, se pinguim tivesse mãos.

— Parem de falar nesse assunto, vocês são uns chatos. A morte é simples, minha gente. Não precisa de passaporte, não precisa despachar a mala, não precisa nem de mala. Rápido. Se der trabalho, os outros é que vão ter.

Enquanto dizia isso Eduardo saiu pela porta no seu passo oscilante de pinguim, andou até a esquina, dobrou e foi embora para sempre.

Antônio, nó na garganta, sente que disse adeus ao amigo naquela conversa.

— Foi ali, na desistência do livro, o primeiro dia da morte de Eduardo. Qual é o primeiro dia da morte de um homem?

— As pessoas são diferentes. Se você perguntar, a maioria vai responder que é o dia que você nasce. Realmente esse conceito coincide com a verdade biológica. O homem seria então uma flecha vocacionada para a não existência — diz Nádia. Mulheres são mais inteligentes.

— Há pessoas animadíssimas que não morrem, são assassinadas pela morte.

— E há os que nasceram mortos. Eu por exemplo. Talvez eu tenha morrido há muito tempo em Minas, junto com meu irmão.

Riem.

— E eu? A partir de qual alvorada maldita foi decretada a minha queda no abismo? Não sei, mas temo ter passado deste ponto.

— Antônio, você está precisando arranjar uma namorada. Posso te apresentar candidatas.

— Eu, se fosse mulher, não me recusaria de modo algum.

— Eu se fosse homem também não me recusaria. Antônio, pra você não há saída. Você vai começar a morrer quando parar de se apaixonar.

Ele leva a sério aquela observação.

Destruído, sem dinheiro, arrasado psicologicamente, desmoralizado entre amigos e inimigos, Curvino não quis continuar morando no Rio. Foi para São Paulo. Lá ele tinha muitos amigos, laicos e religiosos, que talvez pudessem ajudá-lo. Arranjaram-lhe um emprego numa multinacional. Curvino logo soube mostrar seu valor e tornou-se diretor de departamento, depois diretor de setor, depois da diretoria-geral.

A Vulcanox é uma multinacional ligada ao ramo de tubulações, válvulas e estruturas de aço para construção civil. Salão da diretoria, escritório na avenida Paulista. Quadragésimo andar. Era lá agora no topo do prédio o escritório de Curvino, graças ao seu talento de administrador. Certamente devido à sóbria formação religiosa. Quando as medidas administrativas de Curvino resultaram no aumento de 5% no faturamento da empresa, ele ganhou grande prestígio. Pôde então pouco a pouco aplicar sua nova estratégia. Trocou criteriosamente quase todos os diretores em cargo por outros executivos de grande competência e confiança.

A cada balanço anual da firma, o padre jesuíta Curvino ganhava um poder maior na indústria metalúrgica. Fabricavam agora também canos de aço ionizado que serviam tanto para carros de luxo quanto para tanques de guerra.

Um dia o mundo despertou com Curvino na capa do *Times*. Certamente como consequência da entrevista que tinha dado para a *Economist* a respeito de seu livro sobre administração de empresas de grande porte.

As novidades que Curvino introduzia no raciocínio executivo vigente eram baseadas na alta pressão a que são submetidos constantemente os diretores de grandes multinacionais. Deletérias pressões. Que uma diretoria desse tipo deveria estar preparada para resistir sendo excepcionalmente coesa no sentido funcional da palavra. Não bastava competência, nem excelência, nem tino financeiro. Não bastava que tivessem os mesmos interesses, sequer os mesmos ideais. Era necessário que as diretorias modernas possuíssem afinidades de maior grau. Sensitivas, intuitivas e até sentimentais. Para que, competindo saudavelmente entre elas, tornassem sua ação externa de uma violência irresistível.

O livro intitulado *Afinidades executivas* foi um best-seller mundial. Curvino, em vez de reitor de universidade da South America, tornou-se um *must* no setor de gestão de empresas. A *Newsweek* logo percebeu o lado humano da coisa e publicou um artigo elogiando a moderna objetividade de Curvino e sua noção do que é correto na política. Na diretoria da Vulcanox, eram todos gays.

Quando Antônio leu no jornal sobre o crime e chegou à Lapa preocupado com o amigo, já não havia ninguém lá. Nada nas gavetas, no armário um paletó velho, sendo que o dinheiro do colchão também não estava mais em seu lugar.

Cavalcanti andava como quem tem certeza de para onde está indo. Um caminhão de carga, depois um carro de luxo, depois um ônibus passaram por ele lançando poluição. Cavalcanti colocava-se sempre em posição segura. No acostamento, levando uma pequena mala onde reduzira todos os seus pertences. Perguntou a uma senhora que levava o filho pela mão: "Onde estava?"

A mulher respondeu que ele estava saindo da Baixada Fluminense em direção à Região Serrana. Cavalcanti adorava o ar da montanha. Tocou o bolso de trás e verificou que ainda tinha sobrado algum daquele dinheiro do colchão. Continuou a andar, subindo a serra.

Este livro foi composto com a tipologia
Minion Pro, em corpo 12/16, impresso em
papel off-white pelo Sistema Cameron da
Divisão Gráfica da Distribuidora Record.